Alexa Hennig von Lange

Warum so traurig?

Roman

Rowohlt · Berlin

1. Auflage September 2005
Copyright © 2005 by Rowohlt · Berlin
Verlag GmbH, Berlin
Alle Rechte vorbehalten
Satz aus der Dante PostScript, InDesign,
Pinkuin Satz und Datentechnik, Berlin
Druck und Bindung Clausen & Bosse, Leck
Printed in Germany
ISBN 3 87134 460 5

1994–1995 Chris
1996–1998 Markus
1994–2001 Philip

Schließlich war, ein Traum, der wahr geworden ist, das Buch entstanden, das ich bin. Das ich immer schreiben wollte, von dem ich immer dachte, wie könnte es gelingen, das einfach festzuhalten, wie ich denke, lebe, schreibe. Vonseiten des Todes her gesehen.

Rainald Goetz

Für Dich.

1.

Philip klopft leise an die Badezimmertür. Seine Stimme klingt dumpf zu mir herein:

«Elisabeth, wir müssen los.»

«Moment noch.»

Ich sehe in den Spiegel, streiche mir die feuchten Haarsträhnen aus dem Gesicht.

«Was machst du denn da drinnen?»

«Drogen nehmen.»

«Was für Drogen?»

Das bin ich.

«Kokain und LSD.»

«Mach sofort die Tür auf!»

Er drückt die Klinke herunter, ruckelt daran herum. Die Situation kenne ich noch gut von zu Hause. Ständig hämmerte meine Mutter mit den Fäusten an die verschlossene Badezimmertür und rief: «Macht sofort die Tür auf!» Sie befürchtete, meine Schwester und ich könnten uns, auf dem Badewannenvorleger sitzend, die Pulsadern aufschneiden. Jetzt habe ich wieder jemanden, der sich Sorgen macht. Doch in der Zeit, als es wirklich darauf ankam, war niemand da. Ich drehe den Wasserhahn auf, wasche mir die Hände. Dieses Fehlen wird man nicht wieder gutmachen können. Denn es gibt Dinge, die zeigen ihre Wirkung erst Jahre später. Eines Tages werde ich morgens aufwachen und mich fragen, wer Philip ist. Er wird mich in den Arm nehmen, sagen: Elisabeth, ich bin dein Mann. Doch ich werde ihm nicht glauben, mich anziehen und gehen. Tatsächlich werde ich mein Gedächtnis verlieren. Philip drückt die Klinke herunter.

«Mach die Tür auf!»

Endlich tue ich ihm den Gefallen und drehe den Schlüssel herum. Da steht er vor mir, mit hängenden Schultern, und rührt sich nicht. Ich rühre mich auch nicht, sehe ihm nur in die Augen, seine Lippen zucken. Schließlich fragt er:

«Hast du wirklich etwas genommen?»

«Was soll die Frage?»

«Ich will es nur wissen.»

«Mache ich den Eindruck?»

«Nein.»

«Na also.»

Wann versteht er endlich, dass ich kein Interesse mehr daran habe? Ich schlüpfe in meine Schuhe, hänge mir die Jacke über den Arm. Er bleibt mit den Händen in den Hosentaschen neben mir stehen. Wir müssen uns beeilen, wenn wir unseren Flieger noch kriegen wollen. Ich hätte nichts dagegen, ihn zu verpassen. Nur Philip freut sich, endlich wegzukommen. Weil er immer noch unschlüssig herumsteht, drehe ich mich zu ihm um:

«Was ist, willst du nicht mehr fliegen?»

«Doch, natürlich.»

Wir nehmen unsere Koffer. Philip wirft einen letzten prüfenden Blick in die Küche, ich knipse das Licht im Badezimmer aus. Dann laufen wir die Treppe mit dem dunkelblau lackierten Geländer nach unten. Ich würde lieber hier, bei meinen Sachen, bleiben. Als Philip mir die schwere Haustür aufhält, ich an ihm vorbei auf die sonnige Straße trete, fragt er:

«Und was ist mit dir, Lizzy?»

«Nichts. Wieso?»

«Du siehst so komisch aus.»

«Das tue ich doch immer.»

Zum Flughafen nehmen wir ein Taxi. Damit wir zusammen sitzen können, steigen wir beide hinten ein. Während der Fahrt liegen Philips schmale Hände auf seinen Knien, am linken Zeigefinger steckt sein mattgoldener Ehering. Immer wenn seine Hände so liegen, versuche ich mir vorzustellen, was für ein Junge er mit sechzehn wohl gewesen ist. Ich sehe ihn in seinem Schweizer Jugendzimmer auf einem blaugrauen Bettüberwurf sitzen. Um ihn herum ist es still und dämmrig. Bewegungslos schaut er aus dem weiß gerahmten Fenster in den blau schimmernden Garten hinaus, in dessen Mitte ein einzelner blühender Apfelbaum steht. Die letzten Amseln zwitschern leise. Auf dem Schreibtisch liegen ein paar Taschenbücher, Bleistifte, Anspitzer. Die Super-8-Kamera seines Vaters steckt auf dem Stativ daneben. Eine kleine selbst getöpferte Vase mit zwei zart rosa Rosen steht auf dem Nachtschränkchen. Die hat seine Mutter dort hingestellt. Oder seine Freundin. Beides ist möglich, über seine Jugendlieben weiß ich nichts. Dafür aber über die Vision, die er damals von sich und seinem zukünftigen Leben hatte. Er wünschte sich, Stricher zu werden. Heroin wollte er auch nehmen. Nichts dergleichen hat er gemacht. Philip sieht mich an:

«Manchmal geht es eben nicht anders.»

«Was meinst du?»

«Da muss man fliegen.»

Ich nicke. An diesem Tag, an dem mir die Stadt so einladend erscheint, diese Welt da draußen, dass ich es schade finde, mich heute von ihr verabschieden zu müssen. Unfreiwillig, wahrscheinlich für immer. Schon mit sechs Jahren wollte ich mich lieber umbringen, als darauf zu warten, dass der Tod eines Tages zu mir kommt. Doch so überraschend wird er nicht kommen, ich ahne ja, was mit mir passieren wird. Tatsächlich gibt es Kinder, die das Leben nicht aushalten. Sie bringen die Kraft auf, sich mit Gürteln zu strangulieren, bis der Tod eintritt. Habe ich in einem Buch über Autismus gelesen. Später gab ich es an Philip weiter. Ob er sich noch an die Passage über lebensmüde Kinder erinnern kann? Mit Sicherheit. Alles, was mich berührt, berührt auch ihn. Als Jugendlicher hatte er fest vor, sich umzubringen. Er hat sich nur nicht getraut. Ich lehne die Schläfe gegen den schwarzen Fensterrahmen. Glitzernd spiegelt sich das Licht auf der Wasseroberfläche des Kanals, den ich aus dem Blick verliere, als wir nach rechts abbiegen, die breite, vierspurige

Straße hinunterfahren, in den Kreisel hinein, weiter an der riesigen Anzeigentafel mit den gelben Ziffern vorbei, die Rampe hinauf. In unserer Nachbarschaft gab es einen Jungen, der es wirklich vollbrachte. Ich sage:

«Als Kind wollte ich Sängerin werden.»

«Hm?»

Ich ging sogar in den Chor. Manchmal, kurz vor dem Einschlafen, singe ich Philip etwas vor. Dabei liegt meine Hand auf seiner grau behaarten Brust, mit den Gedanken bin ich ganz woanders: im Gemeindehaus vor meinem Stuhl stehend, mit den Noten in Händen. Rechts und links von mir singen die anderen Kinder.

Das Taxi hält vor der Haupthalle. Ich will nicht aussteigen. Der Gurt über Schulter, Brust und Bauch gibt mir das Gefühl von angenehmer Sicherheit. Beinahe von heimischer Geborgenheit. Philip und ich haben beide den Verlust unserer Jugend nicht überwunden. Das heißt, in allem, was wir tun, suchen wir nach tröstendem Ersatz. So golden und sexy, wie wir es uns erträumten, wird es nie wieder werden. Als wir einmal miteinander schliefen, sagte er: «Dreh dich um.» Wie drückt man erträglich aus, was dann passierte? Er redete dabei und bekam den entscheidenden, verletzenden Punkt nicht mit. Redete einfach weiter. Sowieso redet Philip sehr viel, wenn wir miteinander schlafen, was inzwischen nur noch selten vorkommt. Als ich wieder klar wurde, fing ich an zu jammern. Vielleicht war es eher ein krampfhaftes Stöhnen. Ich hatte Schmerzen, krümmte mich unter der Decke auf unserem dunkelblauen Laken. Ich nahm es ihm nicht übel, so etwas kann passieren.

Philip zahlt, ich warte im Schatten des Vordaches, bis der Fahrer unsere Taschen aus dem Kofferraum holt und neben uns abstellt. Nie wieder wage ich es, die Klappe selber zu öffnen. In dieser Stadt bekommt man sofort Ärger dafür, sogar, wenn die eigenen Koffer darin liegen.

«Los, komm.»

Philip geht mit dem Gepäckwagen an mir vorbei. Ich folge ihm durch die Drehtür in die Halle. Überall stehen Menschen an den Abflugschaltern, bereit, ins nächste Flugzeug zu steigen. Wie kann es sein, dass nur ich mich sträube? Als wir uns am richtigen Schalter in die Warteschlange stellen, sage ich:

«Philip, ich würde lieber mit dem Zug fahren.»

«Nach Lissabon? Das ist doch albern!»

Natürlich ist das albern. Vor allen Dingen unmöglich, schließlich haben wir nur drei Tage Zeit. Aber die Vorstellung, in der Luft, im Flugzeug zu sitzen, finde ich noch alberner. Philip legt den Arm um mich:

«Es wird alles gut gehen, Lizzy!»

«Ich habe aber so ein ungutes Gefühl!»

«Sollen wir lieber hier bleiben?»

«Nein, das will ich auch nicht.»

«Dann müssen wir fliegen.»

Als wir uns letzte Woche entschlossen, ein paar Tage in Lissabon zu verbringen, fand ich die Vorstellung noch schön. Jetzt würde ich lieber umkehren. Lohnt doch nicht, das Leben wegen ein bisschen Portugal zu gefährden. In diesem einen Punkt stimmen wir nicht überein. Philip sucht unsere Tickets in der Innentasche seines Jacketts, dabei stecken sie hinten in der Hosentasche. Ich gebe sie ihm, weil meine Hand sowieso gerade darüber fährt, meine Finger über seinen Gürtel krabbeln, als könnte ich mich im Falle eines Absturzes daran festhalten. Die Dame hinter dem gelb gestrichenen Tresen lächelt. Kein Wunder, sie bleibt ja auch am Boden. Dafür dürfen wir wählen, wo wir sitzen wollen. Ich beuge mich vor, um mit ihr gemeinsam auf den Monitor zu sehen:

«Hinten ... hinten bitte.»

In einer Sendung über sicheres Fliegen habe ich gelernt: Flugzeuge stürzen generell mit der Schnauze nach vorne ab. Da ist es besser, hinten zu sitzen, meistens rammt sich der Flieger nicht so tief in die Erde, dass sogar der Rumpf verschwindet. Bei einer Explosion hilft das allerdings auch nicht weiter. Wir bekommen unsere Tickets wieder.

Mit unserem Handgepäck gehen wir rechts am Schalter vorbei zur Sicherheitskontrolle. Weil wir in unserem Leben schon sehr oft geflogen sind, kennen wir den Ablauf. Alles, was piept, gehört in die kleinen blauen Plastikkörbchen, die uns die Flughafenangestellten entgegenhalten. Die größeren Gepäckteile platzieren wir direkt auf dem Laufband. Anschließend warten wir, bis wir aufgefordert werden, durch den Metalldetektor zu gehen. Bei mir piept nichts. Bei Philip nur die Armbanduhr. Ich weiß nicht, warum er sie dieses Mal am Handgelenk gelassen hat. Er ist doch sonst so zuverlässig. Danach dürfen wir unsere Taschen wieder an uns nehmen, das Kleingeld, die Kugelschreiber einstecken. Als das erledigt ist, stehen wir im tristen Warteraum herum, wo all die anderen Passagiere mit ihren Handys sitzen und telefonieren. Ich wüsste nicht, wen ich jetzt noch anrufen sollte. Außer meiner Mutter. Bei allen anderen Telefonaten entsteht bei mir automatisch der Eindruck, gerade sehr viel Lebenszeit zu verlieren. Philip hat nichts dagegen. Er telefoniert gern. Jetzt hätte es allerdings wenig Sinn, noch ein Gespräch anzufangen. Gleich geht es los. Bis zum Boarding stellen wir uns an die große Fensterscheibe, gucken nach draußen zu unserem angedockten Flieger. Wie ein müder Dackel an der Leine kommt er mir vor. Ich sage:

«So klein ist der?»

«Wer?»

«Unser Flieger.»

«Macht doch nichts. Hauptsache, er fliegt.»

«Philip. Ich will nicht einsteigen.»

«Elisabeth!»

«Ich habe Angst.»

«Weißt du, wie viele Flugzeuge täglich starten und landen?»

«Ja, ja, ich weiß: Millionen.»

Aber mich gibt es eben nur einmal. Aus diesem Grund wird das Ding mit mir vom Himmel fallen. So einfach lasse ich mich nicht beruhigen. Philip gähnt, dreht sich um und holt einen Kaffee am Automaten. Als er mit dem grauen Becher wiederkommt, fragt er:

«Möchtest du auch einen?»

«Nein, danke.»

Ich nehme lieber etwas Sanftes zur Beruhigung. Das tue ich sonst nie, nicht mal, wenn ich unter Kopfschmerzen leide. Früher war das anders. Ständig, so scheint es mir jetzt, war ich high. Nachts, im tanzenden Gedränge, sagte mein Freund Chris zu mir: «Nimm's mit auf die Toilette.» Ohne nachzufragen, tat ich, was er sagte. Zog es mir einfach rein. Noch heute wundere ich mich über diesen Leichtsinn. Ich war ganz anders erzogen worden. Mir war beigebracht worden, vorsichtig zu sein. Nichts Unbekanntes zu essen oder zu trinken. Niemals Rauschmittel einzunehmen. Ich vermute, ich wollte endlich mal entspannen. Heute versuche ich, mich mit Baldrian zu beruhigen. Sofort fühle ich mich wieder wie eine Abhängige, sowieso hält Philip mich für abhängig. Er sagt: «Einmal abhängig, immer abhängig.» Stimmt gar nicht. Ihm gefällt der Gedanke einfach nur gut, mit einer Süchtigen verheiratet zu sein. Wenn er es schon nicht so weit gebracht hat, soll wenigstens seine Frau ein Junkie sein. Ich sage:

«Du weißt nicht, wie es ist, neben jemandem mit Nierenkoliken zu liegen.»

Keineswegs romantisch. Philip nippt an seinem dampfenden Kaffee, sieht zu unserem Flugzeug hinüber. Gleich sitzen wir da drinnen, starten in den Himmel und glotzen ungläubig auf die sich immer weiter entfernende Heimatstadt.

«Wie bitte?»

Er beugt sich etwas zu mir nach unten, so, als sei er riesig und ich sehr klein. Warum ist es für mich unmöglich zu sagen: «Ich fliege nicht»? Stattdessen gebe ich ihm einen Kuss auf seine festen Lippen. Sage:

«Ist schon gut.»

Nie sind sie locker, so, als würde er mich gar nicht küssen wollen. Ich nehme das nicht persönlich. Mehr geben seine Lippen eben nicht her.

«Ich komme gleich wieder.»

«Nein, du bleibst jetzt hier, sonst fliegt die Maschine ohne uns weg.»

«Macht doch nichts.»

«Ich möchte aber nach Lissabon.»

«Und ich auf die Toilette.»

«Willst du etwa was nehmen?»

«Jetzt hör doch mal auf damit!»

Dieses Mal hat er sogar Recht. Allerdings braucht er es nicht zu wissen. Philip würde nur sagen: «Baldrian bringt doch eh nichts.» Und damit hätte er genauso Recht. Mit meiner Tasche gehe ich an der großen Topfpalme vorbei nach hinten zu den Toiletten. In der vorderen Kabine schließe ich mich ein, suche nach der Schachtel mit den Pillen. Als ich sie ganz unten zwischen meinem Halstuch, Schlüsselbund und dem bunt gestreiften Schminktäschchen gefunden habe, drücke ich mir gleich zwei Kapseln aus der Packung in den Mund, schlucke sie ohne Wasser herunter. Ich weiß ja nicht, ob das hier in Ordnung ist. Schließlich hört man immer wieder von Todesfällen durch die Legionärskrankheit. Über diese Möglichkeit

20

will ich nicht auch noch nachdenken müssen. Jetzt möchte ich nur müde werden, neben Philip im Flugzeug dösen. Mich von mir erholen.

Als ich wieder hinter der riesigen Topfpflanze hervorkomme, steht Philip als Letzter in der gläsernen Abflughalle. Draußen, in der Mittagssonne, wartet immer noch unser Flugzeug. Ich sage:

«Es ist ja noch da!»

«Was meinst du?»

«Na, unser Flugzeug.»

«Zum Glück! Jetzt komm.»

Er nimmt meine Hand. Ständig sagt er: «Jetzt komm.» So, als sei ich ein kleines Mädchen, oder nicht mehr ganz bei mir. «Jetzt komm.» Wir gehen rasch die Gangway hinunter, meine Tasche schlenkert zwischen uns. Es wird immer kälter, ein regelrechter Sog legt sich um unsere Füße. Manchmal habe ich den Eindruck, Philip hält mich wirklich für unzurechnungsfähig. Das würde er natürlich nie zugeben. Nur noch einen Schritt, und wir sind drinnen. Hinter uns schließt sich die Tür. Gefangen. Ich fänd's schön, wenn er mir die Wahrheit sagen würde. Rede ich zu laut? Sind meine Bewegungen zu heftig? Ich folge Philip den schmalen Gang zwischen den Stuhlreihen hinunter. Dabei gucke ich mir die Gesichter der Passagiere an. Noch sind sie ruhig. In Panik sehen sie anders aus. Im Notfall werden mich diese Menschen wild zur Seite drücken, um vor mir aus dem brennenden Wrack zu kommen. For my safety, I smile. Mit scheuem Blick, von schräg unten. Möglicherweise hilft das, wenn es später darauf ankommt, einen von ihnen zu überzeugen, mich schwer verletzt aus den Trümmern zu bergen.

Wir nehmen in der letzten Reihe Platz. Ich lehne mich zurück, ziehe als Erstes die graue Blende vor dem Fenster nach unten. Vielleicht vergesse ich ja, dass ich im Flugzeug sitze. Philip hat keine Angst abzustürzen. Er ist sich eben nichts wert. Einen anderen Grund für seine Gelassenheit kann es gar nicht geben. Ich wüsste wirklich gerne, ob ich auf meine Umwelt so wirke, als sei ich nicht mehr ganz dicht. Drogenkonsum muss Nebenwirkungen haben. Selbst wird man die eigene Veränderung nicht unbedingt bemerken. Darum braucht man jemanden, der sich traut, die Wahrheit zu sagen. Manchmal frage ich mich, ob es auf der ganzen Welt überhaupt jemanden gibt, der dazu fähig ist. Ein Fremder könnte mir meine Frage nach psychischer Deformation nicht beantworten. Er kennt mich ja nicht. Um leichter aus der Jacke zu kommen, rutscht Philip nach vorne auf seine Sesselkante. Bevor wir in den Tod fliegen, sollte ich vielleicht noch flüstern:

«Hier riecht es nach Kerosin.»

So, wie sich Tarzans Eltern das im Film, kurz vor ihrem Absturz über dem Dschungel, sagen. Philip sieht über die Schulter zu mir:

«Das bildest du dir ein.»

Das Körbchen mit ihrem Baby stellen sie zwischen die Sitze. Die Propellermaschine rast schon durch die Baumwipfel. Vater und Mutter halten sich an den Händen, sagen einander: «Ich liebe dich.» Das war's. Irgendwie auch schön. Dennoch ist diese Art zu sterben nichts für mich. Mein eigentliches Ziel ist es, hundertsechs Jahre alt zu werden. Leider rechnet Philip damit, nur sechsundsiebzig Jahre alt zu werden. Das bedeutet, die letzten achtunddreißig Jahre meines Lebens werde ich ohne ihn verbringen müssen. Das wird trostlos. Ich sage:

«Wir sollten gemeinsam sterben.»

«Jetzt gleich?»

«Nein. In vierundsiebzig Jahren.»

«Dann wäre ich hundertzwölf Jahre alt!»

«Kannst du mir das versprechen?»

«Ich glaube nicht.»

«Könntest du es wenigstens versuchen?»

«Von mir aus.»

Was dieses Thema anbelangt, ist Philip ebenfalls leidenschaftslos. Das verstehe ich nicht. Man muss doch seine Zukunft planen. Ein bisschen Struktur ins Leben bringen. Natürlich sind wir keine Chaoten. Unsere Kleider hängen frisch gewaschen auf Bügeln, im Küchenschrank steht das Geschirr sauber einsortiert. Dennoch wird sich gleich beweisen, wie kurzsichtig es von mir war einzusteigen. Nur dass es dann zu spät sein wird, Philip Vorwürfe zu machen. Er hätte nicht mal mehr Zeit, sich bei mir zu entschuldigen. Er steht noch einmal auf, um seine Jacke über uns in der Gepäckablage zu verstauen. Zwischen seinen ausgestreckten Armen sieht er zu mir nach unten:

«Soll ich deine Jacke auch nach oben legen?»

«Danke, ich behalte sie lieber an.»

Eigentlich sind wir sogar sehr strukturierte Leute. Bei uns

zu Hause liegt nie etwas herum. Außer im Arbeitszimmer. Aber diese Ordnung meine ich gar nicht. Jeder von uns hat sein Leben durchdramatisiert, den Fokus auf gegensätzliche Ziele gerichtet, obwohl wir die gleichen Filme mögen. Als Philip wieder sitzt, schnalle ich mich ab. Ich habe nämlich vergessen, die Sitzreihen bis zum Notausgang zu zählen. Sieben. Wenn alles voller schwarzem Qualm ist, werde ich mich an ihnen nach vorne zur Rettungsluke hangeln. Dann sitze ich auch wieder und starre auf die heruntergezogene Fensterblende. Wir drehen. Ich versuche, ruhig zu atmen. Sobald wir in der Luft sind, wird es spürbar mit uns zu Ende gehen. Wie soll ein einziger Mann es schaffen, ein Flugzeug am Himmel zu halten? Wir rollen schneller. Mit dreiundzwanzig hatte ich einen Vespa-Unfall. Weil ich in der Eile das Gas mit der Bremse verwechselte, fuhr ich frontal gegen eine Häuserwand. So leicht kann man sich vertun. Philip guckt auf der anderen Seite aus dem Fenster. Automatisch folgen meine Augen seinem Blick. Orangefarbenes Gepäckauto mit drei Rädern. Leuchtmarkierungen. Grüne Wiese. Mit zwölf las ich ein Buch, an dessen Ende sich das Mädchen aus Liebe zur Mutter aus dem Fenster stürzt. Das Letzte, was sie sah:

DieBlätterderBuchesindsonah,dasGrünistunerträglich, icherkennedieRispendiebraunenSpitzenallesistsoüberdeutlichMamaliebeMamaliebeMamaliebeMama.

Jetzt geht es hoch. Als Kind fühlte ich mich fast zu rein für diese Welt. Ich dachte, ich hätte eine bestimmte Aufgabe im Leben. Noch habe ich sie nicht gefunden. Vielleicht bin ich gekommen, um die Welt zu retten. Dieser Eindruck hat nichts mit Größenwahn zu tun, eher mit dem Wunsch nach Gleichheit und Gerechtigkeit. Ich klammere mich an die Armlehne, frage mit belegter Stimme:

«Hast du denn gar keine Angst zu sterben?»

«Überhaupt nicht.»

«Dass alles zerstört wird, was wir haben?»

«Nein.»

«Warum nicht?»

«Ich denke ganz einfach nicht darüber nach.»

«Aha.»

Solche Leute gibt es tatsächlich. Philip lehnt sich zurück, sieht mich mit hochgezogenen Augenbrauen an. Ich hefte meine Pupillen an seine, während wir steil in den Himmel steigen. So nah am Abgrund erinnere ich mich, wie wir vor sieben Jahren anfingen, zusammen zu arbeiten. In seiner Wohnung, an seinem Tisch, der aus einem alten Türblatt und zwei Böcken bestand. Ich saß gerne neben Philip, im matten Licht, das durch die halb heruntergelassenen Jalousien drang. Schon damals sagte er: «Du nimmst etwas!» Ich sagte: «Nein! Was soll ich nehmen?» Er meinte: «Heroin.» Er kannte sich nicht aus. Es war Kokain. Heroin war sein Traum. Er hätte ja welches rauchen können, wenn er gewusst hätte, wie, wenn er sich getraut hätte. Im Notfall hätte ich ihm sogar etwas beschaffen können. Dann wäre ich jetzt nicht so allein mit meinen Sorgen. Wir könnten uns gegenseitig sagen, wie merkwürdig wir uns finden. Aber er wollte ja nicht mal mit mir im Auto fahren. Einmal ließ er mich trotzdem ans Steuer. Gleich darauf krallte er sich an den Türgriff und schrie: «Halt an! Halt sofort an!» Wenn ich von der Toilette durch seinen Flur kam, saß er mit dem Rücken zu mir. Immer wollte ich meine Hand ausstrecken, in seinen Nacken legen. Sagen: «Hilf mir, wieder klarzukommen.» Alles an ihm war zart, für meinen Geschmack fast zu zart, dennoch dachte ich jedes Mal, dass ich diesen Nacken küssen sollte. Sobald ich wieder neben ihm Platz nahm, sagte er: «Hör auf mit den Drogen.» Unmöglich, sie gaben mir das künstlerische Profil. Ich sehe zu Philip. Bevor man Künstler wird, nimmt man eben Drogen. So dachte ich. Nur er nicht. Inzwischen hat Philip die Augen geschlossen, lässt mich hier alleine neben sich sitzen. Was soll er auch machen? Mir seinen Gürtel zum Festhalten anbieten? Bringt nichts. Bereits als Kind hatte ich das Gefühl, mich an nichts festhalten zu können. Geht mir heute nicht anders. Nachts, wenn ich aufwache, die Augen öffne, ist der Eindruck besonders stark. Ich bin eine Projektion, die keine Spuren hinterlässt. Dabei möchte ich mich und mein Leben möglichst detailliert im Kopf behalten. Wie Dias im Kasten einsortieren. Wäre es möglich, sie alle gleichzeitig in den Projektor zu schieben und mit Licht zu durchdringen, würde mir das Bild auf der Leinwand wie mein eigener multidimensionaler Raum vorkommen. Jede Sekunde meines Seins wäre, in einem Augenblick, für immer sichtbar.

Mindestens einmal am Tag klopfte es an Philips Wohnungstür, ständig lehnte irgendeine Kunststudentin davor, die er auf der Fachhochschule kennen gelernt hatte, wollte sehen, wie es ihm ging, ob er noch alleine war, eine andere Frau es geschafft hatte, sich längerfristig neben ihm zu halten. Ich stand hinter Philip im Flur und lächelte freundlich. Obwohl wir zu tun hatten, kamen sie herein, sahen sich in seinen Zimmern um: «Darf ich?» In ihren hohen Stiefeln staksten sie von einem Raum in den nächsten, hoben Bücher vom Boden auf, wobei sie langsam in die Knie gingen in ihren absurd kurzen Röcken, sahen sich Hüllen von Videofilmen an, runzelten die Stirn: «So etwas guckst du dir an?» Oder einfach nur: «Tztztz.» Dann legten sie die Bücher und Hüllen wieder zurück, staksten weiter, legten den Kopf am Bücherregal schief, lasen, was auf den Buchrücken stand, wieder: «Tztztz!»

Was sie nicht wussten: Philip hatte Schultheiss-Comics in seinen weißen Regalen hinter den Büchern versteckt. Die guckten wir uns in den Arbeitspausen auf dem Sofa sitzend an. Halb nackte Frauen, die sich über liegende Männer hocken, ihnen ins Gesicht pinkeln.

Die Kunststudentinnen zwinkerten, atmeten, staksten, warfen ihre Haare über die Schulter, und irgendwie wollten sie tatsächlich noch einmal an längst vergangene Nächte anknüpfen. Da kamen sie zu spät. Philip wollte nur noch mich. Inzwischen hatten die meisten von ihnen ebenfalls die Videoinstallation für sich entdeckt. Das sagten sie so beim Durchstöbern seiner Zimmer, lehnten sich ans Fenster, zündeten sich neue Zigaretten an. Die

27

Asche fiel hinunter auf ihre hellbraunen Stiefelspitzen, und dann redeten sie über Sex. Zwanghaft. Sex. Philip lächelte stumm. Keine Ahnung, was er getan hätte, wäre ich nicht da gewesen. Ich hoffe, nichts. Mit ihren kurzen Röcken saßen sie auf seiner Bettkante und zündeten sich die nächste Zigarette an. Wenn sie wieder weg waren, riss Philip alle Fenster auf und sorgte für Durchzug. So lange saßen wir in der Küche, sahen hinaus in den Nieselregen, hinüber zum Schreinerschuppen im begrünten Innenhof. Von nebenan hörten wir den Anrufbeantworter anspringen, noch einmal die gleiche aufgeregte Stimme, die sich so sehr freute, ihn wiedergesehen zu haben. Oder die Frage: «Wer war das junge Mädchen in deiner Wohnung?» Lachen. Damit war ich gemeint.

«Möchten Sie etwas trinken?»

Die Stewardess beugt sich zu Philip und mir herunter. Wir öffnen die Augen, brauchen einen Moment, um uns zu sammeln. Philip nimmt ein Wasser, ich einen Tomatensaft. Aus den Tütchen schütte ich Pfeffer und Salz in den Becher, rühre mit dem Plastikstäbchen um. Es dauert ewig, bis ein Teil des Pfeffers untergeht. Jetzt ist es mir egal, ich trinke ihn trotzdem. Die Pfefferkrümel kleben an meiner Oberlippe, schon ist der Becher wieder leer.

«Meinst du, so ein Tetra-Pack-Tomatensaft ist gesund?»

«Sicher. Irgendwie schon.»

Philip stößt mit dem Ellenbogen an die Armlehne, wobei er sich den Rest seines Wassers über die Hose schüttet. Manchmal ist er etwas grobmotorisch. Ich liebe ihn trotzdem. Mit Daumen und Zeigefinger schiebe ich die graue Blende vor dem Fenster bis zur Hälfte nach oben, schön ist der Blick über die weiße Wolkendecke. Gerade habe ich das Gefühl, ich kann ihn aushalten, diesen Blick über die Wolkendecke, der immer Abschied bedeutet. Zum Glück sitzt Philip neben mir, beugt sich jetzt über meine Beine, um ebenfalls unter der halb aufgezogenen Blende den sonnengefluteten Himmel zu sehen. Er sagt:

«Ist doch toll!»

«Ist es ja auch. Trotzdem besteht für uns gerade die Möglichkeit abzustürzen.»

«Es gibt Schlimmeres.»

«Was denn?»

«Tatsächlich abzustürzen.»

Philip legt seine Hand auf meine, streicht leicht darüber. Obwohl er pädagogische Fähigkeiten hat, will er keine Kinder haben. Manchmal sagt er so aus einer Laune heraus: «Vielleicht wäre es doch ganz schön.» Aber auch nur, um sich für diesen kurzen Augenblick um eine Facette zu erweitern. Möglicherweise erregt ihn das. Meine Mutter sagt immer: «Tu das bloß nicht, er wird sich nie ums Kind kümmern.» Sie hat natürlich Recht. Trotzdem hätte ich gerne welche, um aus ihnen das Kind zu machen, das ich nicht mehr bin. Alles, was von mir übrig geblieben ist, ich von meinen Eltern mitbekommen habe, würde ich in sie hineinstopfen. Damit sie so werden wie ich, nur ohne Drogen. Philip hat kein Bedürfnis danach. Wahrscheinlich hängt das alles mit seiner eigenen Kindheit zusammen, viel sagt er nicht dazu, eigentlich nichts, nur, dass wenig Wärme für ihn übrig war. Er behauptet, bis heute noch nie etwas von seiner Familie zum Geburtstag geschenkt bekommen zu haben. Das glaube ich ihm nicht.

Ich sage:

«Philip, wir fliegen.»

«Ich weiß.»

Um mich abzulenken, versuche ich, die erste Berührung seiner Hände zu rekonstruieren. So ein Empfinden gibt es nur beim ersten Mal. Ich meine damit die erste offizielle Berührung zwischen zwei Menschen, die sich entschlossen haben, ein Paar zu sein. Vorletztes Jahr war es bei uns nach fünf Jahren Freundschaft so weit. Meist finden diese Berührungen ja wie zufällig in der Öffentlichkeit statt. An diesem Morgen saßen wir im Garten eines Cafés. Philip neben mir auf der Holzbank. Ich trug einen leichten Rock mit Blumenaufdruck, er ein dunkelblaues Hemd und Jeans. Irgendwann wollte er raus zur Toilette. Ich stand auf, lehnte mich vor, ein bisschen über den Tisch. Langsam drängte er sich hinter mir vorbei, legte seine schönen Hände auf meinen Po, drückte sich für einen Moment an mich. Dabei sagte er leise etwas.

«Schläfst du, Lizzy?»

«Nein. Ich denke nach.»

«Worüber?»

«Unser erstes Mal als offizielles Paar.»

«Deine Schwester kam plötzlich rein.»

«Sie hat sich dafür entschuldigt.»

«Na und? Trotzdem hätte sie vorher klingeln können.»

«Das stimmt.»

So sind die Leute in meiner Familie: Kommen rein, wenn es einem gerade überhaupt nicht passt. Das war schon in frühester Jugend so. Irgendwann stand immer meine Mutter im Zimmer, obwohl ich schon längst gute Nacht gesagt hatte. Ich fand es dennoch schön. Philip weiß eben, was Frauen brauchen. Das hat meine Schwester hinterher auch zugeben müssen, als ich ihr meinen Wohnungsschlüssel wieder abnahm. Durch den Lautsprecher kommt die Aufforderung, dass wir uns anschnallen, die Sitze aufrecht positionieren sollen. Immer wenn die Stimme des Co-Piloten ertönt, erschrecke ich, man weiß ja nie, was der mitzuteilen hat. Ich bin angeschnallt, Philip fummelt noch an seinem verdrehten Gurt herum. Schon geht der Flieger mit uns runter.

2.

Philip und ich klemmen zwischen all den Passagieren, die wie wir von ihren Plätzen aufgestanden sind und jetzt im Gang warten. Obwohl wir längst gelandet sind, kommen wir nicht raus. Der Herr neben uns schaltet einfach sein Handy ein und telefoniert. Hoffentlich wird er von einer Stewardess erwischt, ich bin wirklich dafür, dass sich hier jeder an die Sicherheitsregeln hält. Auch wenn wir uns in Portugal befinden. Philip sagt leise:

«Da kann doch nichts passieren. Wir sind doch schon gelandet.»

«Aber die Apparate im Cockpit gehen davon kaputt.»

«Ist doch nicht dein Problem.»

Mich stört es trotzdem, das überwiegt sogar die Freude, heil angekommen zu sein, sowieso liegt der Rückflug noch vor uns. Irritierende Vorstellung, ahnungslos drei Tage in Lissabon zu verbringen, um auf dem Heimweg abzustürzen. Wozu dann überhaupt der Urlaub? Die Erholung kann man sich in die Haare schmieren. Philip streicht mir eine Strähne aus der Stirn:

«Uns wird nichts passieren.»

Wenn er meint. Ich setze mich wieder hin, aus irgendeinem Grund geht die Tür vorne nicht auf. Es kommt auch keine Durchsage, alle stecken schon in ihren Jacken, die Klimaanlage ist aus. Philip lehnt hinter mir am Sitz, seine Hand liegt in meinem Nacken, ab und zu sagt er:

«Was ist denn da vorne los?»

Das frage ich mich auch. Besonders unangenehm an so einer plötzlichen Gefangenschaft sind die Assoziationen. Sie drängen mit solcher Wucht in die eigene Situation, als habe man das Grauen in einem gekaperten Flugzeug selbst schon einmal miterlebt. Ist mir egal. Ich weiß ja, dass wir gleich rauskommen, da habe ich keine Panik. Wichtig ist, dass wir gelandet sind. Der Herr hat sein Handy wieder weggesteckt. Ich beuge mich über den leeren Platz neben mir, schiebe die graue Blende vor dem Fenster nach oben. Weit weg startet ein Flugzeug in den diesigen Abendhimmel. Ich fühle den Passagieren nach, wie es ihnen gerade geht, diesen Druck in der Magengegend, diese Gewissheit, Abschied zu nehmen, nicht genau zu wissen, ob man auch wirklich ankommen wird. Philips Hand streift über meine Schulter, ich sehe zu ihm auf:

«Weißt du eigentlich, wann ich dich zum ersten Mal heiraten wollte?»

«Nein. Wann denn?»

«Als wir vor fünf Jahren bei Rebecca Silvester gefeiert haben.»

«Echt?»

«Du hast so kluge Dinge gesagt.»

«Hab ich?»

«Es ging um irgendwelche Erkenntnisse aus deiner Jugend.»

Die Passagiere drängen nach vorne, scheinbar ist die Tür geöffnet worden. Philip geht mit. Ich warte, bis alle draußen sind. Eine kurze Trennung tut uns bestimmt gut. Vielleicht ist es gleich so, als würden wir uns nach langer Zeit wiedersehen. Nach mindestens sechs Jahren. Oder wie Arbeitskollegen, die sich zum ersten Mal begegnen und auf Anhieb mögen. Dann hätten wir uns bestimmt viel zu erzählen. Unser ganzes Leben, mit sämtlichen Höhen und Tiefen. Wir könnten versuchen, uns an möglichst intime Details zu erinnern. Zum Glück hat es Philip nie gestört, dass ich mit so vielen Männern geschlafen habe. Schließlich hat er das Gleiche mit Frauen gemacht. Vielleicht bekämen wir dadurch sogar wieder Lust, miteinander zu schlafen. So wie am Anfang, als wir heimlich meinen Freund Markus betrogen. Die Stewardess lächelt mich an, ich stehe auf, gehe als Letzte von Bord. Und da wartet auch schon wieder Philip, um mit mir die Gangway hinaufzugehen:

«Der Flug war doch prima, oder nicht?»

«Trotzdem wäre ich froh, wir hätten den Rückflug auch schon hinter uns.»

«Jetzt hör doch mal auf! Uns wird nichts passieren.»

«Entschuldige.»

Wir sind hier, um mal ein bisschen zu entspannen, Zeit für uns zu haben. Denke ich jedenfalls. Funktioniert bei mir gar nicht. In Zeiten des Leerlaufs verfalle ich automatisch in Depressionen. Da kann ich gar nichts gegen machen.

Zum Hotel nehmen wir ein Taxi, Philip übernimmt die Verständigung mit dem Fahrer:

«Lapa Palace, Rua do Pau de Bandeira.»

Wir lehnen uns zurück, gucken aus dem Fenster, und ich weiß, dass ich bald vergessen haben werde, wie es in Lissabon aussieht. Ich könnte versuchen, ein paar Besonderheiten im Kopf zu behalten, zum Beispiel diesen Bettler mit dem Gesicht voller Wucherungen. Die restlichen Eindrücke werden nicht wiederherstellbar sein. Schon allein aus diesem Grund wäre es mir lieber, wir blieben die ganze Zeit im Hotel. Es ist quälend, wenn man versucht, sich an Vergangenes zu erinnern, und es kommen nur unzusammenhängende Bilder. Ich muss es schaffen, mich zu konzentrieren, im Hier und Jetzt zu sein. Sagt man doch so, hört man doch immer: Im Hier und Jetzt. Klappt gar nicht, ständig bin ich mit meinen Gedanken woanders. Vor allem bei dem hoffnungslosen Unterfangen, die zerschlagene Vergangenheit zusammenzusetzen. Ich sehe zu Philip. Er hat das Fenster aufgekurbelt, seine Haare fliegen im Fahrtwind. Gerade scheint er an nichts zu denken. Also nehme ich seine Hand in meine und sage:

«Du hättest mir damals verbieten sollen, Drogen zu nehmen.»

«Wie bitte?»

«Ich sagte: Du hättest mir damals verbieten sollen, Drogen zu nehmen.»

«Das habe ich doch versucht, aber du wolltest nicht hören.»

Tatsächlich. In dieser Zeit machte ich mir leider um gar nichts Sorgen. Schon gar nicht um meine Gesundheit. Angenehm war das.

Nur als mein Freund Markus und ich vor drei Jahren in Los Angeles waren, hätten wir uns wegen diesem Mist-Zeug fast umgebracht. Keine Ahnung, welche Substanzen da noch drin waren. An diese Zustände erinnere ich mich. An diese schlimmen, schlimmen Momente. Die halbe Nacht bis in den sonnigen Vormittag hinein verdämmerten wir auf unserem Bett im abgedunkelten Zimmer des Pacific Sands Motel und warteten darauf, dass diese unerträgliche Melancholie endlich vorbeigehen würde, nur vorbeiging. Draußen vor dem Fenster kamen immer neue Gäste mit ihren Autos an, schlugen die Kofferraumklappen zu, dass es uns in den Köpfen dröhnte. Am frühen Nachmittag brachen wir den Versuch ab, fuhren im gemieteten Cabriolet an den Hollywood-Studios vorbei, zur Sternwarte hinauf, wo die letzten Szenen von «Denn sie wissen nicht, was sie tun» gedreht worden waren. Dann weiter nach Las Vegas. Auf der Fahrt durch die Wüste bezog ich die Stille direkt auf den Inhalt meines Kopfes. Sowenig es in dieser Landschaft darum ging, wer ich war, so wenig war überhaupt von mir übrig. Wie ein ausgeblasenes Osterei kam ich mir vor. Vollkommen leer. Da war kein Beweis für mein bisheriges Leben. Da war niemand, der mich wieder anfüllen konnte. Um wenigstens mein Äußeres zu erhalten, hatte ich mir zum

Schutz vor der Sonne ein dünnes Tuch um den Kopf gebunden, sah zwischen den flatternden Lagen hinaus in eine verdorrte Landschaft, wie sie ungerührt von unserer Existenz dalag. Markus saß mit nacktem Oberkörper neben mir. Nicht mal eincremen wollte er sich. Auf der Höhe des Powell-Stausees hielten wir an, stiegen aus. Seine Haut war rot verbrannt, bis auf einen weißen Streifen, den der Gurt verdeckt hatte. Als hätte er die Schärpe eines Diplomaten umgelegt. In solchen Momenten wünscht man sich die Mutter herbei. Die einzige Zeugin, die verlässlich Auskunft über das Heranwachsen ihres ausgehöhlten Kindes geben kann. Markus ging voran, den sandigen Seitenstreifen zwischen Straße und Abhang entlang, stand ganz oben auf der Spitze des roten Felsvorsprungs, sah hinunter auf die riesige Wasserfläche, die winzigen Motorboote. Ich kam langsam hinterher, mit dem Wunsch, es möge endlich aufhören. Glaubte, er würde sich einfach nach vorne fallen lassen, in die Tiefe stürzen. Don't even think about it.

Ansonsten habe ich kaum noch Erinnerungen an die fremde Landschaft. Wäre ich bei Trost gewesen, hätte mir bestimmt gefallen, was ich da sah: Ungewöhnliche Felsformationen. Berührende Lichtverhältnisse. Rote Canyons. Tiefe Kluften. Zu Hause im Bücherregal steht noch der Katalog mit Bildern von diesem Teil der Erde. Ich küsse Philips Hand, sage:

«Liebling, ich werde mein Gedächtnis verlieren!»

«Wie kommst du denn darauf?»

«Weil ich so viele Drogen genommen habe.»

Philip wischt sich mit der Hand den Schweiß von der Stirn. Ich sage:

«In der Zeitung steht, der Konsum kann noch fünf Jahre später Psychosen auslösen.»

«So ein Quatsch.»

Ich bleibe jetzt ruhig. Philip hat nie etwas genommen. Obwohl er das immer vorhatte. Heroin. So wie David Bowie. In letzter Zeit reden die Leute ständig vom «Alter Ego». Ich glaube, Philip wäre wirklich gerne wie David Bowie gewesen. Hat der eigentlich eine Psychose? Wenn ja, wie kommt er damit zurecht? Immerhin hat er sich bis jetzt noch nicht umgebracht. Das ist doch schon mal ein gutes Zeichen.

Im sanften Abendschimmer fahren wir am Hilton vorbei. Steht groß dran: Hilton. Schön, dass wir es bis hierher geschafft haben. Ich drücke Philips Hand, lächle ihn freundlich an. Aus der Front, auf Höhe der ersten Etage wachsen Palmen. Wie kleine Kakteen im Setzkasten. Meine Schwester hatte so einen in ihrem Zimmer über dem Schreibtisch hängen. Er fragt:

«Was ist?»

«Ich würde gerne das Hilton in Erinnerung behalten.»

«Nur zu.»

In meinen Kopf hämmern, wenn das nur verlässlich klappen würde. Leider befindet sich unsere Kamera hinten im Kofferraum, sonst könnte ich ein Bild davon machen. Fotomotive lassen sich grundsätzlich leichter einprägen als das, was man selbst in einem Augenblick aufnimmt. Darum habe ich in meiner Vordertasche ein Foto von Philip und mir. So weiß ich immer, was wir beruflich tun. Es ist das Dokument unserer ersten Dreharbeiten, bei denen ich den Aufheller hielt und Philip hinter der Kamera in seine Aufzeichnungen sah. 1996 vor dem Chelsea Hotel in New York. Wie jung und rundlich ich da noch war.

Als ich wieder aufblicke, geht es durch schmale, gewundene Gassen immer weiter hinauf, kein einziger Baum, keine Fußwege. Würde ich meinen Arm aus dem Fenster strecken, könnte ich wahrscheinlich mit den Fingerspitzen die grauen Häuserwände berühren. Die Frage ist nur: Wem würde das helfen? Am Ende der Straße biegen wir rechts ab, durch die Windschutzscheibe sehen wir zum ersten Mal sehr viel Grün auf einem Fleck. Hinter dem schmiedeeisernen Zaun blüht ein barocker Garten mit sich wiegenden Palmen. Wir holpern über den Bordstein durch die Toreinfahrt, an einem Herrn in Uniform vorbei. Und zwischen den Vordersitzen erstrahlt rosa-orange das Portal unseres Hotels. In diesem Moment des reinen Betrachtens und Aufnehmens bin ich bei mir, kann meine Gliedmaßen spüren. Mein Kern fühlt sich unzerstörbar an.

3.

Philip checkt ein. Er hat die Kreditkarten, weil ich meine ständig verliere. Was nicht so schlimm ist, schließlich ist er mein Mann. So lange warte ich in der Mitte der kühlen fensterlosen Halle, mustere die Wände, die mit aufwendigen Trompe-l'Œils bemalt sind. Neben mir steht ein riesiges Lilienbouquet auf einem runden Lacktisch. Heimlich befühle ich die Blütenblätter, um zu prüfen, ob sie echt sind. Als Kind schenkte ich meiner Mutter Stoffblumen zum Muttertag, die mir als echte verkauft worden waren. Bis heute fühle ich mich von der Verkäuferin betrogen. Rechts weist ein wackeliges Blechschild mit rotem Pfeil die gelblich geäderte Marmortreppe hinunter zum Frühstücksraum. Sonst gibt es an diesem Ort nichts auszusetzen. Philip kommt über den spiegelnden Boden mit hochgekrempelten Ärmeln auf mich zu, nimmt meine Hand.

«Komm, Lizzy. Lass uns aufs Zimmer gehen.»

Schon wieder: «Komm, Lizzy.» Zu seinem nächsten Geburtstag schenke ich ihm eine Hundeleine. Wir gehen links den Gang entlang, an Schmuckvitrinen vorbei bis zum Ende. Dort öffnen sich die goldfarbenen Türen eines Lifts. Obwohl es mir hier gefällt, stellt sich nicht das Gefühl von Geborgenheit ein. Daran kann nicht einmal Philip etwas ändern, den ich als eine Art mobile Heimat empfinde. Wir fahren hoch in den vierten Stock, Philip küsst mich mit seinen festen Lippen, irgendwann sage ich ihm doch mal, dass er wenigstens versuchen soll, sie locker zu lassen. Der Hotelangestellte sieht an die Fahrstuhldecke. Ist mir egal. In seiner Freizeit veranstaltet er bestimmt lauter versaute Sachen. Genau wie sein Kollege in *Showgirls*. Der treibt es in seinem Schuppen mit sämtlichen Revuetänzerinnen. Ich lehne mich an Philip. Die obersten Knöpfe seines Hemdes hat er inzwischen geöffnet, wie grau seine Brusthaare sind! Das waren sie schon immer. Sehr männlich. Philip behauptet, er leide darunter. Simple Koketterie. Eine Hand lege ich auf seinen flachen Bauch, die andere stecke ich in seine Gesäßtasche. Manchmal denke ich, er müsste mehr wiegen. Allerdings kann er an seinem Gewicht kaum etwas ändern. Auch wenn ich ihn lieb darum bitten würde. Sein Stoffwechsel funktioniert einfach zu gut. Ganz anders als meiner. Darum verzichte ich seit meiner Jugend weitestgehend auf Essen. Die Drogen halfen mir dabei. Auf angenehmste Weise unterdrückten sie den Appetit. Philip flüstert in mein Ohr:

«Wie geht es dir?»

Ich zucke mit den Schultern. Melancholisch. Gerade in fremder Umgebung sind die Kindheitserinnerungen besonders klar: Mit acht Jahren liege ich im steinernen Raum des Klosters. Durch das geöffnete Fenster höre ich die Amseln, meine Schwester, wie sie mit den anderen Chorkindern die Pferdekoppel hinunterläuft. Ich vermisse meine Mutter mit ihren blaugrünen Augen, den schulterlangen Haaren, ihr Lächeln. Neben dem Bett sitzt eine Frau mit grauen kurzen Haaren, streicht mir mit ihrer fremden Hand über den Kopf. Das bringt nichts. Ich weine trotzdem. Heimweh nennt man das. Schlimm ist die Vermutung, die Mutter durch meine Abwesenheit töten zu können.

Die Fahrstuhltüren gehen wieder auf, mir will nicht einfallen, wie diese Hotelangestellten in ihren Mützen und Livreen genannt werden. Außerdem frage ich mich, ob man ihnen Geld geben soll, wenn sie einem das Zimmer aufschließen und zeigen. Und was passiert, wenn man es nicht tut?

Hintereinander gehen wir den Gang hinunter, der mit weichem Teppichboden ausgelegt ist. Wie in einer Nervenheilanstalt komme ich mir vor. Da war ich auch schon mal – wegen postpubertärer Depressionen. Dort sah es fast genauso aus wie hier. Richtig schön. Nach etwa zwanzig Metern öffnet uns der Angestellte die Zimmertür, lässt uns eintreten. Wir sehen zwei einzelne Betten, mit einem monumentalen Nachttisch dazwischen. Wir sagen:

«Ja ... thank you!»

Philip gibt dem Pagen, jetzt habe ich das Wort wieder, Geld. Der bedankt sich, schließt leise die Tür hinter sich. Nun ist es wirklich so, als seien wir Neuankömmlinge in der Nervenheilanstalt. Jedes Mädchen bekommt sein eigenes Bett zugeteilt. Wir sehen uns an, ich sage:

«Will er nicht noch unsere Taschen durchsuchen?»

«Wie bitte?»

«War nur ein Scherz.»

«Den verstehe ich nicht.»

«Macht nichts. Hast du kein Zimmer mit Kingsize-Bett bestellt?»

«Doch. Eigentlich schon.»

«Warum haben wir dann getrennte Betten?»

«Keine Ahnung.»

«Aber wir sind doch nicht nach Lissabon geflogen, um in getrennten Betten zu liegen.»

«Soll ich unten anrufen und fragen, ob wir ein anderes Zimmer bekommen können?»

«Wenn es dir egal ist, lassen wir es natürlich so.»

«Mir ist es nicht egal.»

«Dann lassen wir es so.»

Ist ja nicht so wichtig. Wir schlafen sowieso kaum noch miteinander. Irgendwie ist zwischen uns das Feuer ausgegangen. Manchmal hilft es, wenn ich mir vorstelle, Philip sei ein anderer Mann. Dabei ist es nur wichtig, die Augen geschlossen zu halten. Reden kann er meinetwegen trotzdem noch. Im geflüsterten Zustand klingen alle Männerstimmen gleich. Keine Ahnung, wie Philip sich in diesen intimen Momenten behilft. Ich nehme an, auf ähnliche Weise. Tatsächlich betrügen würde er mich nie. Was mich anbelangt, ist er sich da nicht so sicher. Er weiß ja um meinen ungezügelten Charakter. Er geht an mir vorbei, fasst nach meiner Hand, lässt sie durch seine hindurchgleiten, dann lassen wir uns wieder los. Ich würde es genauso wenig fertig bringen, mich von einem anderen Mann berühren zu lassen. Nehme ich zumindest an. Philip schiebt die Balkontür auf, macht einen Schritt nach draußen. Ich komme hinterher, lege die Hände neben seine aufs Geländer. Weil wir uns lieben.

Der Blick in den Garten ist hübsch, wenn auch alles nach Filmkulisse aussieht: angestrahlte Palmen, die sich vor einem künstlichen Wasserfall neigen, der zwischen den Terrassen der gegenüberliegenden Appartements in die Tiefe braust. Gegen diesen unerträglichen Stillstand sollten wir irgendetwas tun. Wir brauchen dringend etwas Belebendes. Unten im Garten leuchtet der hellblaue Pool in Nierenform, die Liegestühle sind wie weiße Strahlen darum drapiert. Ich fühle ganz deutlich das unaufhaltsame, jämmerliche Verwelken. Fühle die Lebenszeit verrinnen. Ich frage:

«Würdest du gerne mit einer anderen Frau schlafen?»

«Wie kommst du denn darauf?»

«Nur so.»

Weil wir uns lieben und ich gerne mit einem anderen Mann schlafen würde. Wir könnten ganz ungezwungen eine schmerzlose Verabredung treffen. Ich habe nur den Eindruck, Philip möchte nicht darüber reden. Er geht an mir vorbei, zurück ins Zimmer. Allein will ich auch nicht draußen bleiben. Nur noch diesen einen Augenblick:

Am Abend fuhren Markus und ich durch die schwarze Wüste auf das noch unsichtbare Las Vegas zu. Losgelöst,

als würden wir durchs Weltall schweben, saßen wir fest-
geschnallt auf unseren Sitzen. Endlich tauchte ein dünner
Lichtfaden am Horizont auf, kam näher, wurde dicker,
rollte über uns hinweg. Wie eine klebrige Phosphorzun-
ge legte er sich um unser Auto, zog uns hinein, inmitten
dieser aufgeheizten, sauerstoffarmen Stadt. Auf dem
blinkenden Boulevard wurden wir wieder ausgespuckt,
glitten wie auf Schienen weiter, die Einfahrt des Treasure
Island hinauf.

Drinnen, im hellen Zimmer, steigt Philip aus seinen
Hosen, hängt sie ordentlich über die Lehne vom Schreib-
tischstuhl. Gut, dass ich ihn geheiratet habe. Ich mache
einen Schritt über die Schwelle, lege mich auf mein Bett.
Die Matratze ist weich, fast liegt man wie auf einer Wol-
ke, weswegen ich mir gleich doppelt dement vorkomme.
Aus dem Augenwinkel sehe ich, wie er sich auch noch
das Hemd auszieht. Unmerklich drehe ich meinen Kopf
in seine Richtung, betrachte seinen nackten Rücken, die
sehnigen Arme. Von ihm werde ich nicht mehr lange etwas haben. Wer will schon mit einer Frau ohne Gedächtnis verheiratet sein? Philip nimmt einen Bügel aus dem
Schrank, sieht zu mir herüber:

«Was ist los, Lizzy?»

«Nichts. Ich versuche nur zu rekonstruieren, wie viel
Kokain ich in meinem Leben genommen habe.»

Auf jeden Fall genug, um mein Gedächtnis zu verlieren. Nachts, im tanzenden Gedränge, sagte Chris zu mir:
«Nimm's mit auf die Toilette.» Ich schloss meine feuch-
te Hand um das Papierbriefchen. Er küsste mich, seine

Zunge schmeckte bitter, betäubte meine. Ohne nachzufragen, tat ich, was er sagte. Dieser Bilderablauf lässt sich verlässlich rekonstruieren. Dennoch kann mir niemand mit Sicherheit sagen, ob es tatsächlich so gewesen ist. Der einzige Zeuge dieser Augenblicke ist schon gestorben. Nachts, in meinen Armen, auf einem Parkplatz, an zu vielen Drogen. Ich meine mich zu erinnern, wie ich meine verschwitzte Hand um das Briefchen schloss. Ohne nachzufragen tat, was er sagte. Philip kommt zu mir herüber, legt sich in Unterhosen neben mich auf den schmalen Streifen Matratze, streicht mir über die Wange.

«Deinem Gehirn wird nichts passieren.»

«Woher willst du das wissen?»

«Weil du nicht so viel genommen hast.»

«Aber du sagst doch selbst immer, dass ich mir nichts merken kann.»

«Das liegt aber nicht an den Drogen.»

«Woran dann?»

«Dass dich die meisten Dinge nicht interessieren.»

«Natürlich interessieren sie mich.»

«Na gut. Du wirst es ja wissen.»

Philip steht wieder auf, geht an seinem Bett vorbei:

«Möchtest du fernsehen, solange ich dusche?»

«Nein, danke!»

Schon jetzt behandelt er mich wie eine Frau ohne Gedächtnis. Wenn er wiederkommt, weiß ich nicht mehr, wer er ist. Philip macht die Badezimmertür hinter sich zu. All das, was in den nächsten Tagen in diesem Zimmer passieren wird, werde ich bald vergessen haben. Dafür fällt

mir ein: Mit fünfzehn war ich bei einem Herbert Gröne-
meyer Open Air. Meine Schwester stand neben mir, der
Himmel war hellblau, ohne Wolken, ein Motorflugzeug
flog hoch über uns hinweg. Ich weiß, dass es mir gefallen
hat, mehr aber auch nicht.

Wozu das alles, wenn doch nur so wenig übrig bleibt?
Wie kann ich all das zurückholen, sodass nichts von mir
und meinem Leben verloren geht? Vielleicht hilft es, noch
einmal auf den Balkon zu gehen, in die angestrahlten Palmen zu sehen, das Rauschen zu hören.

Vor dem Eingang zum Treasure Island war Markus
ausgestiegen, um in der goldglitzernden Halle nach einem Zimmer zu fragen. So lange wartete ich im Wagen
ohne Verdeck. Über den künstlich angelegten See mit
den beiden Piratenschiffen ging eine leichte Brise, sprüh-
te feinen Nieselregen auf meine nackten Arme. Jemand
hupte hinter mir, ich sollte weiterfahren, um den Neu-
ankömmlingen Platz zu machen. Ich rutschte rüber ans
Steuer, schaltete an den Hebeln herum, ohne zu wissen,
wie die Automatik funktionierte. Anstatt vorwärts fuhr
ich rückwärts. So schnell kann man sich vertun. Zu allem
Überfluss fingen sämtliche Lichter an zu blinken. Ich stieg
wieder aus, stand unbeteiligt im Weg. Dachte: Wenn ich
so weitermache, sperren sie mich ein. Endlich kam Markus in seinem wehenden Hawaii-Hemd, seiner unter dem
Bauchnabel geschnürten Hose zurück, stellte mit einem
Handgriff das Geblinke ab. Seine gebräunte Hand mit
dem Freundschaftsbändchen am Gelenk habe ich genau
vor Augen. Klick, zündete er sich eine Zigarette an. Und

ich setzte mich wieder neben ihn, mit dem bedrückenden Gefühl, nie wieder nach Hause zu kommen. Ich schließe die Augen. Sogar jetzt spüre ich ganz deutlich, dass ich nicht in der Heimat bin.

Die Flure des Treasure Island waren unanständig lang. Die gemusterten Teppiche reichten ins Unendliche, eine Zimmertür reihte sich an die nächste. Hinter einer saßen Markus und ich auf dem breiten Bett, mir ging es gar nicht gut. Um irgendetwas Normales zu tun, um uns überhaupt am Leben zu erhalten, bestellten wir beim Zimmerservice eine große Schale Joghurt. Während wir das weiße Zeug von den Löffeln lutschten, sahen wir uns im hoteleigenen TV-Kanal merkwürdige Pornos an. Die solariengebräunten Darsteller taten so, als seien sie Eingeborene aus dem Dschungel. Dabei trieben sie es so wild in ihren Studio-Hütten, dass die Wände einstürzten.

Am frühen Morgen kroch ich aus dem Bett, schlich durch die cremefarbene Air-Condition-Luft ans Fenster, hielt mich an der fremden Gardine fest. Wie auf einem fernen Planeten gelandet, so fühlte es sich an. Markus kam nackt und nass aus dem Badezimmer, stellte sich mit tropfenden Haaren hinter mich. Ich sagte: «Markus, schau mal. Das ist das Nichts.» Vor uns lag ein riesiger Parkplatz im weißen Licht, mit nur einem Pick-up, dahinter staubige, traurige Ödnis.

Wir blieben noch zwei weitere Tage in Las Vegas, wechselten ins nächste Hotel, das Tropicana. Schon von der Einrichtung wurde mir schlecht. Wild gemusterte Teppiche in Rot, Türkis und Gelb bedeckten den Boden, die Wände waren mit noch wilder gemusterten Tapeten beklebt. Dazwischen saßen Papageien und Äffchen zum Anfassen auf goldenen Stangen. Wer hätte nicht Mitleid mit ihnen gehabt? In dieser künstlichen Welt konnte man nur Kopfschmerzen bekommen. Sobald wir in unseren Island-Tower-Room traten, lag ich auch schon auf dem quadratischen Bambusbett, über dem ein riesiger Spiegel hing. Ich dachte: Gleich kommt er runter, erschlägt uns mit unserem eigenen jämmerlichen Spiegelbild. Mein dünnes Batiktuch hatte ich mir an diesem Tag um die Brust gebunden, ansonsten trug ich nichts, war so mager wie noch nie. Haut und Knochen. Markus legte sich schwer auf mich, war schon wieder unfassbar munter: «Come on Darling, smile for me!» Ich sah auf sein blauschwarzes Tattoo am Oberarm, und obwohl die Klimaanlage auf höchster Stufe lief, schwitzte ich, war vollkommen willenlos. In diesem Zustand hätte ich es sogar fertig gebracht, auf die gesteppte Überdecke zu pinkeln. Um sicherzugehen, dass ich überhaupt noch existierte, warf ich immer wieder prüfende Blicke zu meinen Füßen, die ich auf die Zierkissen mit Tigerkopf gebettet hatte. Zum Schluss, als ich nicht einmal mehr auf Markus reagierte, nahm er meine Kamera, machte aus verschiedenen Perspektiven Erinnerungsfotos, wie ich erschlagen auf dem Bettüberwurf mit Leoparden-Muster lag.

Ich drehe mich um.

Philip steht zwischen den beiden Betten, rubbelt sich die Haare mit einem kleinen Handtuch trocken. Er lächelt mich an, ich gehe an ihm vorbei zu meinem Koffer, klappe ihn auf, nehme heraus, was ich im Badezimmer brauche. Ich denke: Man sollte einfach zu Hause bleiben. Da kennt man sich aus, da weiß man, wo alles liegt. Philip zieht hinter mir die schwere Überdecke vom Bett, lässt sie am Boden zusammensacken. Genau das meine ich: Diese sperrigen Hoteldecken sind immer ein Problem. Man weiß nie, wohin damit. Philip fragt:

«Kommst du gleich zu mir?»

«Natürlich.»

Im Badezimmer höre ich, wie nebenan der Fernseher angeht. Eine gute Gelegenheit, um auf dem Duschvorleger schnell ein paar gymnastische Übungen zu machen. Wenn ich schon verdumme, will ich wenigstens körperlich etwas zu bieten haben. Danach putze ich mir noch die Zähne. Als ich ins Zimmer zurückkomme, schaltet Philip sofort den Fernseher aus, legt die Fernbedienung neben sich auf den Nachtschrank. Er weiß ja, dass mir die Bilder nicht gut tun. Alle Nachrichten beziehe ich auf mich: Krieg, Flugzeugabsturz, Drogensucht, Terrorismus, Mord, Gedächtnisverlust.

«Komm her, meine Kleine.»

Er hebt die Decke an, sodass ich mich zu ihm legen kann. Nackt schmiege ich mich an ihn, flüstere:

«Warum hast du eigentlich nie Drogen genommen?»

«Keine Ahnung. Vielleicht, weil ich mir nicht schaden wollte.»

Als Kind hatte ich es jedenfalls auch nicht vor. Wenn wir am Sonntagabend mit dem Zug von meiner Großmutter kamen, Papa uns mit dem Auto am Bahnhof abholte, hörten meine Schwester und ich, wie unsere Eltern auf den Vordersitzen über die leichenhaften Kinder redeten, die es damals auf der Wiese vor dem Parkhaus zu sehen gab. Wie Babys lagen sie mit angezogenen Beinen nebeneinander im Gras unter der Betonrampe. Sie alle nahmen Rauschgift, als Zugang zu einer diffusen Welt ohne Sprache, mit langsamen Bewegungen, wächsernen Gesichtern. Eine Medizin, die jede Krankheit verstärkt. Wenn überhaupt, hatte ich Angst davor. Nie rief Chris mich bei meinem Namen. Sagte nur: «Nimm's mit auf die Toilette.» Ich schloss meine verschwitzte Hand um das Briefchen, ohne nachzufragen, tat ich, was er sagte. In der Kabine faltete ich das Papier vorsichtig auseinander, ließ das weiße Pulver auf den Spülkasten rieseln. Von diesem Augenblick an hoffte ich, meine Mutter würde kommen und mich holen. Aus dieser dämmrigen Wohnung, diesem Zimmer, diesem Bett, in dem wir tagsüber in schwarzer Bettwäsche lagen, uns ständig etwas in die Nasen zogen. Jedes noch so winzige Detail fällt mir wieder ein.

Vorsichtig zieht Philip seinen Arm unter meinem Kopf hervor, steht noch einmal auf, bleibt nackt vor der Minibar stehen. Mir ist warm, durch meine Beine geht ein nervöses Zucken. Er öffnet das Schränkchen, innen geht die kleine Lampe an. Ich sage:

«Manchmal komme ich mir vor wie eine Schwerverbrecherin.»

«Wieso das denn?»

«Weil ich so viele Drogen genommen habe.»

«Lizzy, die ganze Welt nimmt Drogen.»

«Das macht es nicht besser.»

«Möchtest du auch etwas trinken?»

«Wasser, bitte.»

Ab jetzt will ich mich nur noch darauf konzentrieren, dass wir hier sind. In Lissabon, in diesem Hotelzimmer mit den gelb bezogenen Sesseln, dem gläsernen Beistelltisch, der wehenden Gardine. Bei uns zu Hause sieht es ganz anders aus. Etwas reduzierter, weniger golden. Ich bin im Hier und Jetzt. Und bei Markus, wie er mich im offenen Hawaii-Hemd, bei 45 Grad im Schatten, unter dem Plastikdach der Tropical-Garden-Kapelle küsst. Schwitzend und eng umschlungen, mit Zigaretten zwischen den Fingern, sagten wir uns: «Ich liebe dich.» Seltsam, dass wir nicht gleich noch geheiratet haben. Das hätte zu unserem entgrenzten Zustand gepasst. Philip legt sich wieder neben mich, reicht mir die geöffnete Wasserflasche.

«Hier.»

Unsere nackten Arme berühren sich. Schade nur, dass Philip es nicht mag, wenn ich von Markus anfange. Sonst könnten wir meine Erinnerungen teilen, sodass Philip noch mehr von mir erfährt, als er ohnehin schon weiß. Vielleicht würde er sagen: «Ist doch alles nicht so schlimm.» Bis zum nächsten Morgen würde ich ihm das sogar glauben.

Am übernächsten Tag fuhren Markus und ich von Las Vegas weiter in den Zeon National Park. Der Weg dorthin fehlt komplett in meinem Kopf. Überhaupt keine Erinnerung an die vorbeiziehende Vegetation. Dafür sehe ich unser zweistöckiges Motel deutlich vor mir: Am Fuß der Felsen, zwischen dunklen Kiefern, stand das Desert Pearl Inn. Dahinter rauschte ein Wildbach, auf dem Markus am liebsten gleich eine Rafting-Tour unternommen hätte. Sowieso behauptete er ständig, er habe das Risiko-Gen. Damit wir nicht weit laufen mussten, parkte er unser Auto direkt auf dem Stellplatz neben dem Apartment. Im Abendrot, begleitet von Vogelgezwitscher, trugen wir unser Gepäck über den warmen Asphalt, die Gitterstufen zu unserer Unterkunft hinauf.

Wir traten ein, in einen leeren Raum mit Panoramablick auf schroffe Felsen. Drinnen war es kühl und still. Nichts, gar nichts war zu hören. Diese Art der Stille kam mir bekannt vor: So, als sei ich aus dem Mittagschlaf erwacht. Als hätte meine Mutter in diesen fremden Raum geatmet. In meiner Vorstellung stehen Markus und ich immer noch in der Mitte dieses heimatlichen Zimmers, sehen auf die felsigen Berge, dahinter der rote Abendhimmel. Markus nimmt meine Hand. Philip dreht sich unter der Decke auf die Seite, fährt mit den Fingerspitzen über meine Brust, weiter zum Bauchnabel hinunter:

«Lizzy, warum sind wir nicht schon früher zusammengekommen?»

«Ich weiß nicht. Sag du es mir.»

«Weil ich dir zu alt war?»

«Ja, wahrscheinlich.»

Am nächsten Morgen unternahmen wir eine Klettertour zum Angels Landing. Ich in Jeans und blau-weiß kariertem Hemd, Markus in Badelatschen. Ohne Unterbrechung kletterten wir immer schneller die steilen

Felsen hinauf, zogen uns an Ketten weiter, die mit Ösen an den Steilwänden befestigt waren. Manchmal krochen wir sogar auf allen vieren, nur um noch schneller hinaufzukommen. Über uns schwebte der stählerne Himmel. So ein kühles Licht hatte mich noch nie umgeben. Oben auf dem schmalen Plateau legten wir uns in die staubige Sonne, dicht aneinander, wie die Kinder unter der Rampe. Nach endlosen Tagen war ich endlich wieder bei mir angekommen.

Ich trinke den letzten Schluck aus meiner Wasserflasche, Philip streicht über meinen Oberschenkel.

«Wir haben so viel Zeit verloren.»

«Da hast du Recht.»

Und wir verlieren immer mehr. Darum sollten wir jetzt miteinander schlafen, um das, was uns gerade noch an Materie zur Verfügung steht, auszunutzen. Nur aufpassen müssten wir, schließlich möchte Philip keine Kinder haben. Ich verstehe nicht, warum. Für mich gäbe es nichts Schöneres, als das, was ich bin, zu reproduzieren. Mein halbes Leben dachte ich, ich sei schwanger. Ständig, so scheint es mir, stand ich in Apotheken und fragte nach Schwangerschaftstests. Jetzt liegt Philips Hand zwischen meinen Beinen, drängt sich sanft dazwischen.

«Hörst du mir zu?»

«Hm?»

«Es ist wirklich schwer, mit dir ein Gespräch zu führen.»

«Ich weiß. Tut mir leid.»

Als wir ein paar Tage später an der Küste zwischen San Simeon und Big Sur entlangfuhren, bekamen Markus und ich die Dinger sogar im Doppelpack im Supermarkt. Philip zieht die Hand wieder zurück, stellt seine Colaflasche auf den Nachttisch. Ich reiche ihm meine Flasche, damit er sie dazustellen kann. Obwohl wir uns schon so lange kennen, kann ich mich kaum an ein konkretes Erlebnis mit ihm erinnern. Es scheint, als hätten wir die letzten sechs Jahre mit nichts anderem verbracht, als in seiner Wohnung am Tisch zu sitzen, zu arbeiten und Iggy Pop zu hören. *Lust for Life*. Philip seufzt, knipst die Nachttischlampe aus. Im Dunkeln zieht er mich an sich, gibt mir einen Kuss auf die Stirn und flüstert:

«Heute Nacht bleibst du bei mir.»

4.

Am Morgen sitzen wir auf der Hotelterrasse, an den anderen Tischen frühstücken Amerikaner. Ringsherum zieht sich eine hohe Mauer mit vergitterten Durchbrüchen. Das ist gut. So sind wir unter uns. Kein ungebetener Gast kann zu uns eindringen. Auf der anderen Seite röchelt die staubige Welt, hier bei uns rauscht und flattert es. Oase nennt man das. Ich lege mir die weiße Serviette auf die nackten Knie, frage:

«Weißt du noch, wann wir uns zum ersten Mal küssten?»

«Natürlich. Auf der Mauer am Kanal.»

«Sieben Jahre ist das schon wieder her.»

«Erst?»

«Was dachtest du denn?»

«Keine Ahnung. Neun, vielleicht.»

«Überhaupt kommt es mir so vor, als sei ich das gar nicht gewesen.»

«Wer dann?»

«Ein fremdes Mädchen.»

«Ich bin mir sicher, dass du es warst.»

«Ja? Wieso?»

«Sie sah genauso aus wie du.»

Philip steht auf, holt sich im Innenraum noch etwas vom Buffet. Als er wieder sitzt, hält er mir das angebissene Stückchen einer frischen Feige hin, fragt:

«Na, woran erinnert dich das?»

«Hör auf! Wenn das jemand sieht.»

«Was dann?»

«Keine Ahnung. Wir befinden uns in einem katholischen Land.»

Philips Sinn für Humor schätze ich ganz besonders. Überall sind Überwachungskameras installiert, und mit der Rechtsprechung kenne ich mich hier auch nicht aus. Möglicherweise wird man für solche Scherze inhaftiert. Auf der anderen Seite der Mauer hupt es. Jetzt wäre die Gelegenheit günstig zu fragen: «Möchtest du wirklich nicht mit einer anderen Frau schlafen?» Philip sieht mich an:

«Ist dir schlecht?»

«Nein, wieso?»

«Du guckst so komisch.»

«Ich denke nur nach.»

«Worüber denn jetzt schon wieder?»

«Über das Bedürfnis, mit einem anderen Mann zu schlafen.»

«Wie bitte?»

«Nur ein einziges Mal.»

«Spinnst du?»

«Das hat nichts mit dir zu tun.»

Philip legt seine Serviette neben den Teller. Ich glaube,

er will aufstehen. Vielleicht würde es aber auch schon reichen, sich auf unsere anfänglichen Treffen zu besinnen. Damals konnten wir nicht voneinander lassen. Philip beugt sich zu mir herüber:

«Womit hat es dann zu tun?»

«Ich weiß nicht. Ich finde, wir brauchen Erneuerung.»

«Was soll das heißen?»

«Na, etwas, das uns sexuell wieder näher bringt.»

«Ein anderer Mann?»

«Oder eine andere Frau.»

«Du kämst nicht damit zurecht, wenn ich mit einer anderen schlafen würde.»

Philip steht auf. Ich sage schnell:

«Schwierig wäre es schon.»

«Siehst du.»

«Aber nicht ausgeschlossen.»

«Du spinnst.»

Jetzt will er tatsächlich gehen. Gerade erwische ich noch seinen Hemdärmel, sage leise und lächelnd, damit unser Gerangel vor den anderen Gästen nicht wie Ehestreit aussieht:

«Ich will ja nur, dass wir uns wieder erotisch finden. So wie früher.»

«Das ist doch scheiße!»

«Philip, bitte. Setz dich wieder hin.»

«Na gut.»

Ich streiche ihm über den Oberschenkel, lächle weiter in die nachbarschaftliche Runde. Als wir uns vor sieben Jahren das erste Mal begegneten, trug Philip ein weißes

T-Shirt mit blaumetallischem Schriftzug: *Killer by Day. Lover by Night.* Ich trug vermutlich ein T-Shirt ohne Aufschrift und eine ziemlich enge Jeans. Sicher ist, dass ich in einem Raum zwischen Reihen von schwarzen Regalen mit VHS-Kassetten stand und nicht wusste, wer er war. Diesen Tag würde ich gerne noch einmal erleben. Ich frage:

«Angenommen, es wäre möglich, einen vergangenen Tag zu wiederholen …»

«Ja?»

«Sei doch nicht so genervt.»

«Ist das verwunderlich?»

«Ich will uns doch nur helfen.»

«Also, was willst du wissen?»

«Meinst du, mir ginge dann ein Tag mit dir in der Gegenwart verloren?»

«Mit Sicherheit.»

«Möchtest du nun mit einer anderen Frau schlafen?»

«Elisabeth, es reicht!»

«Sag doch mal!»

«Willst du, dass ich das tue?»

«Ich glaube nicht!»

«Dann hör auf, mich dauernd danach zu fragen.»

Philip stößt seinen Stuhl zurück und steht auf. Ich folge ihm durch den Frühstücksraum, die breite Marmortreppe hinauf in die Halle. Jetzt lächle ich nicht mehr. Diese fremden Menschen treffen wir sowieso nie wieder. Am gegenüberliegenden Ende nehmen wir den Lift nach oben. Vielleicht bin ich zu weit gegangen. Das tut mir leid. Ich will doch nur wissen, wie Philip die Lage sieht. Weil er mich nicht anguckt und die Lippen fest zusammenpresst, lege ich meine Arme um ihn und flüstere:

«Ich liebe doch nur dich.»

Heute werden wir Schweizer Freunde von Philip besuchen, die etwas außerhalb von Lissabon ein Haus besitzen. Ich kenne diese Leute nicht, darum möchte ich mich vorher noch hübsch machen. Statt der kurzen Hose einen Rock anziehen und etwas höhere Schuhe. Niemand soll behaupten, Philip habe bei der Wahl seiner Ehefrau danebengegriffen. Vor allen Dingen hoffe ich, dass ich diese Menschen mögen werde. Es ist quälend, seine Lebenszeit mit langweiligem Geplänkel zu vergeuden. Philip sagt:

«Keine Sorge. Sie sind gebildet.»

Das macht die Sache nicht besser. Sie könnten mich langweilig finden. Im vierten Stock steigen wir aus dem Lift. Philip hat die Schlüsselkarte, weiß gerade nur nicht, wo. Er meint:

«Eben hatte ich sie noch in der Tasche.»

Er klopft sich ab. Um nicht faul herumzustehen, klopfe ich mich auch gleich ab, dabei finde ich das Ding in meiner Brusttasche. Ich kann mich nicht erinnern, wann ich die Karte da reingesteckt habe. Doch bevor ich wieder mit meinem Gedächtnisverlust anfangen kann, sagt Philip:

«Mach dir keine Gedanken, Lizzy. Das sind automatische Handgriffe. Die entziehen sich der Aufmerksamkeit.»

Ich nicke. Auch wenn ich ihm nicht glaube. Philip hält

mir die Tür auf, und ich gehe an ihm vorbei ins Zimmer. Ich bin mir sicher: So sehen die Anfänge des klassischen Gedächtnisverlustes aus. Von Tag zu Tag wird es schlimmer werden. Zum Schluss werde ich mich eines Morgens fragen, wer der fremde Mann neben mir ist. Philip wird mich in den Arm nehmen, sagen: «Elisabeth, ich bin dein Mann.» Ich werde ihm nicht glauben, mich anziehen und gehen. Das war's. Den Rest meines Lebens werde ich wie ein blindes Kind mit ausgestreckten Armen durch die Landschaft taumeln und nach meiner Heimat suchen. Zwischen unseren frisch gemachten Betten halte ich an, knöpfe meine kurze Hose auf. Seit ich denken kann, bin ich stolz auf meine Beine, obwohl die Knie etwas nach innen zeigen. Diese Deformation habe ich von meinem Vater geerbt. Meine Schwester ist davon verschont geblieben, sie hat noch schönere Beine. Dafür sind meine Füße sensationell. Philip sagt:

«Das bildest du dir ein.»

«Was?»

«Das mit deinen Knien.»

«Ach so.»

«Ich mag deine Beine sehr. Und deinen Po.»

«Es gibt auch andere schöne Frauen.»

«Elisabeth!»

«Sag, welchen Tag deines Lebens würdest du gerne wiederholen?»

«Ich weiß nicht … Vielleicht, als ich mit sechzehn auf meinem neuen Moped durch die Straßen fuhr.»

«Von wem hattest du das Moped?»

«Von meinen Eltern.»

«Also haben sie dir doch etwas geschenkt.»

«Nein, ich habe es ihnen abgekauft.»

«Ich glaube dir nicht.»

Philip setzt sich aufs Bett und zieht sich die Schuhe aus. Dann die Socken. Er fragt:

«Und welchen Tag würdest du gerne noch einmal erleben?»

«Den Tag, an dem wir uns kennen lernten.»

«Aha. Warum?»

«Weil ich dich damals noch erotisch fand.»

«Jetzt nicht mehr?»

«Ich weiß nicht. Findest du mich noch erotisch?»

Philip zuckt mit den Schultern.

«Sicherlich.»

«Fühlst du dich tatsächlich von mir angezogen? So wie damals, als wir uns kennen lernten?»

«Nein. Das nicht.»

«Warum nicht?»

«Keine Ahnung.»

«Weil ich älter geworden bin?»

«Nein.»

«Weil das Altbekannte eines Menschen einen selbst alt erscheinen lässt?»

«Ja, wahrscheinlich.»

«Siehst du! Darum suche ich nach einem möglichen Weg, unsere Sexualität wieder zu beleben.»

Philip seufzt, stellt seine Schuhe in die Garderobe. Aus dem Schrank nehme ich mir eine frische Bluse, ver-

schwinde damit ins Badezimmer. Jetzt, wo wir vom «Alt-
bekannten» sprechen, bin ich nicht in der Stimmung,
mich vor ihm zu entblößen. Drüben geht der Fernseher
wieder an, sogar ziemlich laut. Ich will nicht älter werden. Lieber noch einmal fünfundzwanzig sein. Damals,
im Badezimmer des Ragged Point Inn, machte ich einen
von den Schwangerschaftstests, die wir kurz zuvor im
Supermarkt gekauft hatten. Markus wartete währenddessen im Nebenzimmer, rief durch die Tür: «Darling,
are you pregnant?» Es tut gut, mir vorzustellen, er säße
immer noch drüben auf dem Bett und wartete auf das
Ergebnis. Gleich komme ich raus und sage: «Ja, ich bin
schwanger.»

5.

Gegen Mittag verlassen wir das Hotel, gehen Hand in Hand über das gelb-schwarze Mosaik des Vorplatzes hinüber zum Taxi, das im Schatten der hohen Bäume auf uns wartet. Wie immer steigen wir gemeinsam hinten ein, Philip reicht dem Fahrer einen kleinen Zettel mit der Adresse seiner Freunde nach vorne.

«Se faz favor …»

Langsam rollen wir durch die Toreinfahrt über den Bordstein auf die Straße. Im Wagen ist es heiß, ich taste nach Philips Hand, die neben mir auf dem schwarzen Ledersitz liegt. Philip drückt leicht zu, lächelt mich an. Ich lächle zurück, stelle mir vor, ich sei ein junges Mädchen, voller Erwartung, was mir das Leben mit diesem Mann bringen wird. Nachher, bei seinen Freunden, werde ich mich dümmer stellen, als ich bin. Gebildete Leute fühlen einem gerne auf den Zahn. Da ist es besser, so zu tun, als habe man von nichts eine Ahnung. Ärgerlich ist nur, dass meine Dummheit später auf Philip zurückfallen wird. Schon ein paar Male musste er sich von seinen Freunden anhören, er habe etwas Intelligenteres als mich verdient.

Ich schließe die Augen, lege den Kopf in den Nacken, leider fehlt die Stütze, die ihm Halt geben könnte. Philip drückt noch einmal meine Hand:

«Bist du müde?»

«Ein bisschen.»

Er rollt sein Jackett zusammen, legt es mir seitlich unter den Kopf.

«Danke, Liebling.»

Jetzt drücke ich seine Hand. Ich will nichts sehen von dieser Stadt. Wenn wir wieder zu Hause sind, soll es so sein, als sei ich gar nicht hier gewesen. Dann kann mir Philip beim Frühstück von seinem Urlaub erzählen. Den Hotelgarten mit Pool werde ich mir noch einprägen können, unser Zimmer vielleicht auch. Der Rest wird aus meiner Erinnerung verschwinden. Außerdem möchte ich später keine Sehnsucht nach Lissabon haben. Das kenne ich auch. Die Sehnsucht nach fernen Orten, an denen ich schon einmal war. Der Grund ist die illusorische Annahme, sich selbst dort ungealtert wieder antreffen zu können. Unangenehm wird es vor allem, wenn man aus Angst vor einem Absturz nicht mehr dorthin zurückkehren kann. Wie gerne würde ich noch einmal dieses Stückchen Strand am Pazifik entlanglaufen, an dem Markus im frühnachmittäglichen Dunst lange grünschwarze Tangstücke über seinem Kopf kreisen ließ. Er lachte und ahnte nicht, dass ich ihn am Ende des Urlaubs für Philip verlassen würde. Jetzt möchte ich wieder dort sein. Bei Markus, am Strand, an diesem dunstigen Fleckchen Erde. Etwas Liebes zu ihm sagen. Philip drückt schon wieder meine Hand:

«Schläfst du?»

Ich antworte nicht.

«Guck doch mal raus, wie schön es hier ist.»

Ich lasse die Augen geschlossen. Von seinen Eindrücken kann mir Philip später zu Hause ausführlich erzählen. In diesem Augenblick sind es Markus und ich, die mit offenem Verdeck die kurvige Küstenstraße entlangfahren. Links der felsige Abgrund, dahinter der diesige Pazifik, auf der anderen Seite die bewaldeten Berge. Damals war ich in Gedanken bei Philip, der in seiner Wohnung auf mich wartete. Jetzt berührt er mich am Arm, ich blinzle. Auf der linken Seite leuchtet der Atlantik, auf der anderen Seite begrenzen Felsen die schmale Fahrbahn. Ich richte mich etwas auf, meine Bluse klebt am Rücken, vorne mache ich den dritten Knopf auf.

«Wie lange fahren wir noch?»

Philip streicht mir die Haare hinter das Ohr.

«Wir sind gleich da.»

Ich gebe ihm seine zerknautschte Jacke zurück. Der Eindruck, ich löste mich auf, wird immer stärker. Wenn er nur über meinen nackten Körper streichen würde, könnten sich die Haut und alles, was darunter liegt, entspannen. Noch einmal schließe ich die Augen, lege mich im Geiste mit angewinkelten Beinen auf die Rückbank, damit sich ein Mann dazwischen legen kann. Philip sagt:

«Elisabeth, nicht wieder einschlafen.»

Ich bin ganz wach. Wenn nur ein Mann meinen Nacken küssen würde, könnte mir es Erleichterung verschaffen. In meiner Handtasche suche ich nach dem kleinen

Schminkspiegel. Als ich ihn habe, wische ich mit der Fingerspitze vorsichtig die verlaufene Wimperntusche unter den Augen weg. Ich glaube Philip nicht, wenn er behauptet, er habe kein Interesse mehr an anderen Frauen. Es gibt Tage, an denen traue ich ihm alles zu. Bei einem fremden Nacken könnte er schließlich wieder zeigen, was er kann. Mit der Zungenspitze langsam die Linie zwischen Ohrläppchen und Schlüsselbein hinunterfahren, dabei gleichmäßig ausatmen. Das hat er früher sehr gerne bei mir gemacht.

Wir fahren eine von subtropischen Pflanzen dicht bewachsene Auffahrt hinauf, schnell ziehe ich meine verblassten Augenbrauen nach. Er könnte mein Gesicht in seine Hände nehmen, mich ansehen und küssen. Voller Ruhe. Ich würde mich darum bemühen, dass es uns nicht seltsam vorkommt. Vielleicht würden seine Lippen dann wieder weicher werden. Jetzt erinnere ich mich. Das waren sie mal. Als das Taxi vor einem flachen Gebäude aus Naturstein hält, dessen schmale Fenster bis zum Boden reichen, gibt Philip dem Fahrer ein paar Scheine nach vorn. Dann steigt er aus, kommt um den Wagen herum, öffnet die Tür auf meiner Seite:

«Komm, Lizzy.»

Schon wieder: «Komm, Lizzy.» Als würde ich im Taxi sitzen bleiben wollen. Gerade will ich gar nichts. Einfach nur sein. So ein Blödsinn. Das kann keiner. Mich vor diesen fremden Leuten verstellen möchte ich mich aber auch nicht. Ich muss mich auf mein Innerstes besinnen. Vielleicht schaffe ich es dann, entspannt zu bleiben. So fröhlich und ungezwungen wie früher als Kind. Ständig sagten die Nachbarn zu meinen Eltern: «Elisabeth macht uns schon Freude, wenn wir sie nur sehen.» Diesen Zustand würde ich gerne wieder erreichen. Philip nimmt mir meine Tasche ab, geht über den gekiesten Vorplatz voran. Gemächlich folge ich ihm, in der Hoffnung, ein gut aussehender Mann würde plötzlich hinter einem Gebüsch hervorspringen, mich packen und mit sich nehmen. Bevor es dazu kommen kann, wird die orange lackierte Haustür geöffnet, ein Mann und eine Frau in Philips Alter treten heraus in die blendende Mittagssonne. Melissa und René. Gleich legen sie sich die Hände als Schirm über die Augen, sodass ich ihre Gesichter kaum erkennen kann. Als Philip vor ihnen stehen bleibt, umarmen sie ihn wie einen guten Freund. Mir reichen sie die Hand. Jetzt sehe ich ihre Gesichter.

«Kommt rein!»

Melissa trägt ein schmales Kleid, goldene Ohrstecker und kinnlange Haare. Mit René könnte ich gleich draußen in der Sonne bleiben. Er scheint Sport zu treiben. Ohne die anderen beiden. Die sollen drinnen über alte Zeiten plaudern. René legt mir seine gebräunte Hand auf die nackte Schulter mit dem dünnen Träger:

«Schön, dass wir uns kennen lernen.»

Finde ich auch. Dann steht er schon wieder neben seiner Frau, die Philips und meine Jacke auf Bügel in der Garderobe hängt.

Bei der anschließenden Hausbesichtigung folgen wir ihnen durch helle, warme Räume. Ich lächle, weiß tatsächlich nichts zu sagen. Gerade beschäftige ich mich eben nur mit Dingen, die in dieser Runde wenig angebracht wären. Philip kann ja reden. Der merkt sich, was er in der Zeitung gelesen hat. Von unserer Arbeit könnte er auch berichten. Damit hat er keine Probleme. Wenn ich das tue, kommt mir alles nur noch lächerlich vor: Wir machen kurze Filme. Zum Glück erzählt Philip jetzt von unserem nächsten Vorhaben, von dem ich gar nichts weiß. Gleich verfällt er ins Schweizerische, sodass ich kaum noch etwas verstehe. Jetzt fühle ich mich richtig dumm. Zur Auflockerung reicht mir Melissa in der Küche ein Glas Wein. Ich räuspere mich:

«Danke, heute nicht.»

«Oh!»

Sie stellt das Glas zurück auf die weiße Anrichte, sieht Philip fragend an. Man muss doch nicht immer etwas trinken. Das macht es nur noch schwerer, bei sich zu bleiben. Schließlich bin ich gerade dabei, die Basis in mir zu finden. Ich lächle. Als Kind fühlte ich mich zu rein für diese Welt. Vielleicht bin ich gekommen, um sie zu retten. Ich stehe für Gleichheit und Gerechtigkeit. Wenn ich es schaffe, das auszustrahlen, sollten mich diese fremden Menschen mögen. Die Einrichtung ist so, wie ich sie mir vorgestellt habe: heller Holzboden, ein Flügel im Wohnzimmer, kaum Dekorationsmaterial. Ein gutes Zeichen, wie ich finde. Im Schlafzimmer neben dem Ehebett steht die obligatorische kleine Vase mit englischen Rosen, dahinter Kinderfotos in silbernen Rahmen. Jetzt plötzlich, als sich keiner mehr wundert, gibt Philip doch noch eine Erklärung ab:

«Lizzy befürchtet, sie könne durch ein Glas Wein ihr Gedächtnis verlieren.»

Was soll das? Er lacht, dabei streicht er mir über den Rücken, damit ich die Stimmung nicht gefährde. Ich bleibe bei mir, beuge mich etwas vor, um mir die gerahmten Kinderfotos genauer anzusehen. René geht dichter als nötig hinter mir vorbei, streift meine Hüfte. War das Absicht? Melissa bleibt neben mir stehen:

«Wirklich? Wegen einem Glas Wein?»

Ich lächle, schüttle den Kopf.

«Ach was.»

Gerade ist es eher die Angst vor Kontrollverlust. Am liebsten würde ich laut und deutlich sagen: «Ich brauche Sex.» Dann hätten wir das geklärt. Stattdessen frage ich:

«Sind das eure Kinder?»

Melissa nickt.

«Sie machen gerade Mittagsschlaf.»

«Hübsch.»

Es ist schwer zu sagen, wen ich in diesen fremden Kindergesichtern wiederentdecke, mich oder mein eigenes Kind, das es gar nicht gibt. Auf jeden Fall hätte ich auch gerne solche gerahmten Bilder neben unserem Ehebett stehen. Oder echte Kinder am Morgen. Philip würde mit einem Baby auf dem Arm sehr gut aussehen. Vielleicht würde die Elternschaft sexuell etwas bewirken. Mit den Händen in den Hosentaschen folgt er Melissa und René ins Esszimmer. Er hätte sich die Fotos wenigstens ansehen können! Hoffentlich wachen diese Kinder auf, bevor wir gehen. Dann könnten sie Philip mit ihrer Reinheit bezaubern. Ich drehe mich zu den anderen um, sage extra laut:

«Das Haus würde meinem Vater gefallen.»

Sofort legt Philip den Finger auf seine Lippen, flüstert:

«Nicht so laut. Die Kinder schlafen.»

Im Stillen frage ich mich, warum es keine Schlüsselpartys mehr gibt. Dann könnte ich mich ganz ungezwungen von René schwängern lassen und später behaupten, es sei Philip gewesen. Langsam ist es mir egal, wer der Vater meiner Kinder wird. Hauptsache, ich bekomme überhaupt noch welche. Bezaubernd wären sie allemal.

Gerade, als wir gemeinsam in den Garten treten wollen, hält Melissa Philip am Ärmel fest:

«Warte, ich will dir noch etwas zeigen.»

«Was denn?»

«Es liegt drinnen, im Arbeitszimmer.»

Sie macht ein paar Schritte zurück ins Wohnzimmer, Philip bleibt unschlüssig auf der Türschwelle stehen, gibt mir einen Kuss auf die Wange:

«Gehst du schon vor?»

«Kommst du gleich nach?»

«Ja, natürlich.»

René und ich schlendern hinüber zum Pool, auf dessen Wasseroberfläche ein paar bräunliche Blütenblätter schwimmen. Augenblicklich ist es still zwischen uns. Diese Befangenheit kenne ich. Sie tritt automatisch ein, wenn ein Mann mit einer Frau plötzlich allein ist. Verwunderlich ist das nicht, denn die Natur diktiert uns, was in dieser Zweisamkeit zu tun wäre: die Paarung. Da wir zivilisiert sind, schämen wir uns für dieses Diktat, obwohl wir ihm gerne nachkommen würden. Am Beckenrand bleiben wir neben den zwei Liegestühlen mit grün-weißer Polsterung stehen, blinzeln in die Sonne. René hält sich dicht neben mir, fragt über meine Schulter direkt in mein Ohr:

«Wollt ihr denn gar keine Kinder haben?»

«Ich schon … Aber Philip nicht.»

«Warum nicht?»

«Ich weiß es nicht.»

«Kannst du ihn nicht überzeugen?»

«Das habe ich schon versucht.»

«Und?»

«Er will nicht.»

«Das ist doch nicht normal.»

René lächelt mich an, wie man nur jemanden anlächelt, dem man gerne helfen würde. Jetzt haben wir unser Thema. Und es wäre so einfach umzusetzen. Also lächle ich zurück, wie nur jemand lächelt, der sich sehr gerne helfen lassen würde. Dicht an seinem Oberarm vorbei sehe ich zur Schiebetür. Das Glas spiegelt. Melissa und Philip sind verschwunden. Über welches Thema sie wohl gerade sprechen?

Auf der anderen Seite des Pools befindet sich der Geräteschuppen, er sieht aus wie ein verkleinerter Nachbau des

Haupthauses. Aus der offen stehenden Tür schleicht eine grau gestreifte Katze, saust plötzlich quer über die Rabatten, verschwindet unter einem Ginsterbusch. René steht direkt hinter mir, seine Hand streift wieder über meine Schulter. Küss meinen Nacken, könnte ich jetzt sagen. Schon allein das würde mir helfen. Da ich stumm bleibe, verharren wir, ohne genau zu wissen, was der andere möchte. René atmet warm auf meine Haut. Kurz schließe ich die Augen, lasse meinen Kopf langsam nach vorne fallen, der Nacken liegt frei. Jetzt sagt René doch etwas, ich wende mich um. Meine Stimme klingt brüchig:

«Wie bitte?»

Es fühlt sich an, als sei mein Rock bereits hochgeschoben. Ich sehe mich von seinen Händen gehalten, an die kalte Schuppenwand gepresst, die Beine um seine Hüfte geschlungen. Er räuspert sich.

«Es ist sehr schwül.»

«Ja, tatsächlich!»

Wo Philip bleibt? Jetzt sehe ich ihn und Melissa wieder schemenhaft hinter der dunklen Glasscheibe der Schiebetür. Sie bewegen sich einige Schritte in den Raum hinein, dann kommt Philip allein an die Scheibe zurück. Mir wäre es lieb, er würde ganz rauskommen, damit ich ihn im Auge behalte. Wer weiß, was die beiden da drinnen treiben. Vielleicht kommen sie tatsächlich dem Diktat der Natur nach. René stellt sich mit seinem grauen T-Shirt wieder in mein Blickfeld, füllt es komplett aus, sodass Philip verschwindet, dafür berühren wir uns fast. Ich flüstere:

«René … Ich schwitze.»

Wir könnten in den Schuppen gehen, uns in eine dunkle Ecke zwischen das Gerümpel stellen. Mit der Zungenspitze könnte er langsam die Linie zwischen meinem Ohrläppchen und dem Schlüsselbein hinunterfahren. Eine Rechtfertigung würde ich später immer dafür finden:

«René hat angefangen.»

Stattdessen hole ich die Kamera aus der Tasche. Ich weiß nicht, warum Philip und Melissa nicht zu uns in den Garten kommen. Langsam wird es unhöflich. Noch hätte René Gelegenheit, mit seinen Händen über meinen Rücken zu streichen, die Träger meines Tops herunterzuziehen, er könnte irgendetwas flüstern. Einen Satz, den ich mir für immer merken würde. Melissa und Philip scheinen sich allein ganz wohl zu fühlen. Wir sollten uns der Natur nicht länger widersetzen und in den Schuppen hinübergehen.

Habe ich das gerade laut gesagt?

René lächelt mich an. Seine grünen Augen strahlen. Hellblonde Haare. Warum nimmt er mich nicht bei der Hand? Ich merke doch, dass er es gerne möchte. Sieht mich nur an, fährt noch einmal mit den Fingerspitzen über meinen nackten Unterarm.

«Du bist sehr schön.»

«Danke.»

Da aus uns nichts werden kann, gehe ich an der Längsseite des Pools entlang bis zum Ende, wo die breite Steintreppe ins Wasser führt. Von hier mache ich eine Aufnahme, aus zwei Perspektiven, einmal stehend, dann kniend. Die Liegestühle, dahinter Philip in der offenen Schiebetür, mit Melissa. Da sind sie ja endlich wieder. Ich lasse mir nichts anmerken, gehe weiter, parallel zum Beckenrand. Mit einem Satz springe ich über die Blumenrabatten, in Richtung Schuppen. Von hier aus mache ich noch ein paar Aufnahmen vom Haus und von René auf dem Rasen. Zur Erinnerung, als ich mich wieder in dich verliebte. Stehst da mit dieser Melissa und drückst sie an dich, so, wie du alle Frauen an dich drückst. Du denkst dir nichts dabei, wunderst dich nur, wenn sie anfangen, Forderungen zu stellen.

6.

Zwei Stunden später bringt uns das Taxi direkt in die Altstadt. Da ich nicht mit geschlossenen Augen gehen kann, werde ich für die Dauer unseres Ausfluges versuchen, an nichts Vergangenes zu denken, nicht mal an René, um in meinem Kopf möglichst viel Platz für gegenwärtige Eindrücke zu haben. Das, was ich sehe, erzähle ich mir gleich noch einmal im Stillen, damit die Bilder in Kombination mit Worten abgespeichert werden können. Vielleicht hilft das. Philip und ich sind fast die Einzigen, die sich in der nachmittäglichen Hitze die Straße hinunterbewegen. An einem kleinen Kiosk mit grün lackiertem Fensterladen kauft uns Philip eine Flasche Wasser. Währenddessen tausche ich, auf einer Bank sitzend, meine engen Lederschuhe gegen die Badelatschen in meiner Tasche. Schade, dass ich keine Gelegenheit hatte, René meine Füße zu zeigen. Er wäre ihnen bestimmt verfallen. Als Philip schließlich mit der Wasserflasche neben mir sitzt, frage ich:

«Und? Wie gefällt dir Melissa?»

«Gut. Und dir?»

«Ich meine, würdest du gerne mit ihr schlafen?»

«Nein.»

«Warum nicht? Ist sie dir zu alt?»

«Nein.»

«Was dann?»

«Ich bin mit dir verheiratet.»

«Und wenn wir nicht verheiratet wären?»

«Auch nicht.»

«Warum nicht?»

«Weil wir schon zusammen waren.»

«Wann denn das?»

«Vor acht Jahren.»

«Und aus welchem Grund habt ihr euch wieder getrennt?»

«Sie wollte Kinder haben.»

Jetzt denke ich doch an René. Vielleicht sitzt er gerade auf einem der Liegestühle am Pool, sieht zum Schuppen hinüber, wo wir eben noch dicht beieinander standen. So, als wollten wir uns gleich küssen. Philip trinkt den letzten Schluck, erhebt sich von der Bank und streckt mir die Hand entgegen:

«Lass uns weitergehen.»

Nie kann ich mich ungestört erinnern. Dauernd muss ich kommen. «Lass uns weitergehen», «Komm, Lizzy». In diesem Leben, in ständiger Bewegung, haben Kinder tatsächlich keinen Platz. Dabei ginge es doch auch anders. Nicht gemächlicher, nur gelassener. Am Ende der Straße wird es plötzlich voller. Rechts von uns ist das Tejo-Ufer, vor uns eine Sehenswürdigkeit mit Säulengang. Philip blättert in seinem Reiseführer, um herauszufinden, wie der Ort heißt, an dem wir uns befinden. So lange bleibe ich neben ihm stehen, sehe mich ein wenig um. An solchen überlaufenen Plätzen rechnet man ja fast damit, von irgendwelchen Terroristen in die Luft gesprengt zu werden. In diesem Fall würde es sich lohnen. Ich bin ja hier. Philip blättert immer noch, also gehe ich ein wenig auf dem Marmorboden auf und ab. Angenehm fühlt sich das an, wenn man Badelatschen trägt. Sehr angenehm. So weich und fluffig. Ich frage:

«Philip, was meinst du, wo spielen hier die Kinder?»

«Wahrscheinlich treffen sie sich in irgendwelchen Parks.»

«Hier gibt es keine Parks.»

«Ganz sicher gibt es hier Parks. Wir wissen nur nicht, wo die sich befinden.»

Ich beuge mich hinunter, um meinen rechten Fuß zu betrachten. Eingebettet in rosa Gummi, auf grau geädertem Marmoruntergrund stehend. Von diesem Fuß gibt es ein Foto, drei Jahre zuvor in Heathrow aufgenommen, auf dem Zwischenstopp von Berlin nach Los Angeles: dunkelrot lackierte Zehennägel, die sich deutlich vom blauen Badelatschen auf schwarz meliertem Teppichboden abheben. Damals hatte ich noch keine Angst abzustürzen, was daran lag, dass Markus und ich uns praktisch für unsterblich hielten. Im Übrigen nahmen wir Valium 10. Jetzt beuge ich mich in der nachmittäglichen Sonne ein Stück weiter nach vorn, um den Fuß genauer betrachten zu können. Ich will begreifen, dass es ihn wahrscheinlich nur noch zwei Tage lang gibt. Abgesprengt vom restlichen Körper, wird er dann auf dem Grund des Atlantiks liegen. Philip macht einen Schritt nach vorn, augenblicklich liegt mein Fuß im Schatten. Wie schnell sich die Daseinsform verändern kann. Durch einen einzigen Schritt.

Einmal hatte ich den Eindruck, früher schon mal gelebt zu haben. Als ich in der achten Klasse bei Madame Tussaud's den sechs Wachsfrauen Heinrichs VIII. gegenüberstand. Plötzlich meinte ich, mich in der blassen Figur mit der Laute wiedererkennen zu können. Anna. Letztes Jahr begegnete sie mir unerwartet wieder, als Philip und ich ihr Porträt im Berliner Guggenheim betrachteten. Bis zu diesem Tag hatte ich nicht mehr an sie gedacht. Doch als ich Anna nach so langer Zeit sah, erkannte ich mich augenblicklich in ihrem schwarz-weißen Abbild wieder. Sie war es, die sich trotz Scheidung liebevoll um die Kinder seiner enthaupteten Frauen gekümmert hatte. Das hatte Format.

Philip klappt seinen Lissabonführer zu.

«Lass uns weitergehen.»

Er nimmt mich bei der Hand, zieht mich eine breite Straße hinauf. Massen von Menschen kommen uns entgegen, ebenso viele folgen in unsere Richtung. Wir sind auf der Suche nach einem Museum für zeitgenössische Kunst. Philip sagt, irgendwo hier in der Nähe müsse es sein. Wir lesen Straßenschilder, nebenbei sehen wir uns die Gebäude an. Gerade stehen wir vor einer Art Tempel mit angedeuteten Säulen, angeschrägtem Dach, römischen Zahlen im Giebel. Als wir uns umdrehen, rast ein schwarzes Auto an uns vorbei, schleift eine kleine Frau an ihrer Handtasche hinter sich her. Ein Mann schreit, Philip und ich glotzen einfach nur der Frau nach, wie schnell sie sich entfernt! Endlich wird der Riemen ihrer Tasche wieder losgelassen, das Auto verschwindet, die Frau bleibt auf dem Kopfsteinpflaster liegen. Ein paar Leute laufen los, wir bleiben stehen, warten ab. Der kleinen Frau wird auf die Beine geholfen, auf der Tempelschwelle sackt sie zusammen. Eine kleine, bleiche Amerikanerin mit großer Brille. Ihr Mann dreht sich im Kreis, bittet die Umstehenden, einen Krankenwagen zu rufen. Seine Frau blutet an den Ellenbogen, den Knien. Ihre nackten Beine, die Arme sind aufgeschürft. Philip legt seinen Arm um mich.

«Komm, lass uns gehen.»

«Sag das nicht immer!»

«Was denn?»

«Lizzy, komm!»

Ich mache mich los, knie mich neben die Frau, nehme ihre Hand, drücke meine Daumen in ihre kindlichen Handflächen. Gerade werde ich hier gebraucht. In einer Gesundheitssendung habe ich gelernt, so eine Massage bringt den Kreislauf in Schwung. Sie bekommt trotzdem nichts mit. Stumm sieht sie an uns vorbei. Ich drücke immer weiter, bis endlich jemand kommt, der wirklich helfen kann. Philip zieht mich zurück, ich weiß nicht, ob er stolz auf mich ist, wenn ich fremden Leuten in Not helfe. Er sagt ja nichts. Schweigend gehen wir die Straßen hinunter, und ich stelle mir vor, es ist Renés Arm, der auf meiner Schulter liegt. Bestimmt würde er sagen: «Du bist ein so guter Mensch.» Jetzt hebe ich meine Hand. An ihr klebt amerikanisches Blut. Für solche Ereignisse bin ich dankbar. Gerade, weil sie so schockierend sind, bleiben sie mir garantiert in Erinnerung.

Ein Stück weiter abwärts auf der linken Straßenseite finden wir das Museum. Bevor wir uns die Ausstellung im ersten Stock ansehen, wasche ich mir in der Toilette das getrocknete Blut von den Händen. Wer weiß, ob die Frau gesund war. Beim Sex mit fremden Menschen benutzt man ja schließlich auch Kondome. Während ich mir die Hände wieder und wieder einseife, wartet Philip draußen im Foyer, zwischen den Vitrinen. Vor dem breiten Spiegel stehend, im gelblichen Neonlicht, frage ich mich, ob René und ich es schaffen würden, uns in einer der Kabinen so schnell zu lieben, dass Philip davon nichts mitbekäme. Drei Minuten. Mehr Zeit stünde uns nicht zur Verfügung. Fast hätte ich mein Spiegelbild geküsst.

Als ich aus der Toilette komme, steigen Philip und ich die schwarze Kunststeintreppe in das obere Stockwerk hinauf. Vor dem Eingang zum ersten Raum hängt ein schwarzer Vorhang. Wir schieben ihn zur Seite, treten ein ins dunkle Ungewisse. Auf alle vier Wände werden Videos projiziert. In der Mitte stehen wir Hand in Hand, sehen zu, wie eine Gruppe junger betrunkener Männer in Echtzeit durch Londons nächtliche Straßen torkelt, wie zwei Frauen in einer leeren Bar allein auf der Tanzfläche tanzen, ein betrunkener Jugendlicher versucht, in einen Bus zu steigen, sehen, wie eine weinende Frau auf der Straße Männer anspricht, dazu Verkehrslärm. Philip und ich drehen uns mit ihnen im Kreis, wie sie von einer Wand zur nächsten torkeln. Sie kommen niemals an. Philip zieht schon wieder an meiner Hand:

«Lass uns gehen.»

«Wieso denn?»

«Ich mag mir jetzt keine Filme von anderen Leuten ansehen.»

Philip konnte noch nie damit umgehen, dass es außer ihm noch andere Menschen gibt, die Filme machen. Darum sehen wir uns den Rest der Ausstellung im Vorbeilaufen an. Ständig fühlt er sich getrieben, so, als bestünde die Gefahr, ungesehen in der Konkurrenz unterzugehen. Nur einmal entziehe ich mich seinem Griff, bleibe an einem Fenster zum Innenhof stehen. Dort gibt es eine Cafeteria. Unter der Pergola würde ich gerne noch ein bisschen sitzen. Sowieso gefällt mir der Museumskomplex. Irgendwie erinnert er an ineinander verschachtelte Schuhkartons mit Kunststeintreppe, ähnlich wie das Haus meiner Eltern. Philip zieht mich die glatten Stufen hinunter zum Ausgang.

Die Cafeteria besteht aus einem lang gezogenen Raum, der an der verglasten Schmalseite in den begrünten Innenhof des Museums mündet. Auf dem gestutzten Rasen und der Terrasse aus Waschbetonplatten stehen ein paar weiße Tischchen mit schwarzen Jacobsen-Stühlen.

An der Stirnseite plätschert eine mickrige Fontäne in ein rechteckiges Wasserbecken. Nah bei den Elefantengrasrabatten setzen wir uns in den Schatten. Als das Mädchen in schwarzem Overall neben uns steht und nach unseren Wünschen fragt, bestellt sich Philip eine Portion Paelha, ich nehme nur ein Wasser. Mit Fischgerichten muss man bei warmem Wetter vorsichtig sein. Philip sagt:

«Ich bin noch nie von Essen krank geworden.»

«Stimmt gar nicht. Als wir letztes Jahr in Bilbao waren, musstest du dich sogar übergeben.»

«Das lag aber nicht am Essen.»

«Woran dann?»

«Am Verdruss.»

Tatsächlich! Ich erinnere mich. Auf dieser Reise verstanden wir uns gar nicht gut. Damals hatten wir beide den Eindruck, mit jemand anderem glücklicher werden zu können. Dieser Eindruck reichte Heinrich VIII. aus, um seine Frauen köpfen zu lassen. Zum Glück sind diese Zeiten vorbei. Trotzdem fällt es mir schwer, meinen Mann zu betrügen. Vorhin wäre ich dennoch fast so weit gewesen. Die Frage ist: Würde ich mich jetzt wirklich so anders fühlen? Befreiter? Schuldiger? Schwangerer? Auf jeden Fall: neuer.

Ich schlage die Beine übereinander, sehe meinen nackten Fuß im rosa Badeschlappen wippen. Dahinter das grüne Gras. Von dieser erotischen Impression könnte ich jetzt eine Skizze auf die weiße Papierserviette machen. Gerade habe ich das erhebende Gefühl, ich könnte zeichnen. Leider fehlt mir der Stift.

«Philip, hast du einen Kugelschreiber?»

«Nein. Wozu?»

«Ich würde gerne etwas zeichnen.»

«Soll ich dir einen besorgen?»

«Das wäre schön.»

Sofort legt Philip seine Gabel auf den Tellerrand und steht auf. Solange er weg ist, probiere ich doch mal von seiner Paelha. Ein Stückchen Wurst kann nicht schaden. Aber mit den Muscheln wäre ich tatsächlich vorsichtig. So eine Fischvergiftung kann sehr unangenehm werden. Philip kommt mit einem roten Kugelschreiber wieder, steckt ihn in die Brusttasche meiner Bluse.

«Danke, René.»

«Hm?»

Schon allein wegen seiner Hilfsbereitschaft könnte ich ihn nicht betrügen. Sobald er mir wieder etwas Gutes tun würde, müsste ich ihm meine Untreue gestehen. Nur um mein schlechtes Gewissen zu erleichtern, würde ich ihn belasten. Ich mag mir nicht überlegen, wie Philip in diesem Fall reagieren würde. Wahrscheinlich gar nicht. Er würde einfach nie wieder mit mir reden. Das wäre das Schlimmste. Ich will nie ohne ihn sein. Er hat so viele Begabungen. Zum Beispiel ist er sehr gut im Anfertigen von Skizzen. Ich kann überhaupt nicht zeichnen, bloß nachahmen, zum Beispiel Horst Janssen, aber auch nur schlecht. Immerhin habe ich damit damals die Aufnahmeprüfung an der Kunsthochschule bestanden. Die Bilder hängen jetzt noch bei meinen Eltern im Wohnzimmer: verwelkte Blumen, gammliges Gemüse.

Ich mag es, wenn Philip zeichnet. Seine Schrift mag ich auch, weil sie mich an die meines Vaters erinnert. Ich sage:

«In meinem Portemonnaie habe ich noch einen Zettel von dir.»

«Welchen Zettel?»

«Den du mir damals auf den Tisch geklebt hast, nachdem wir uns auf der Mauer am Kanal geküsst hatten.»

«Und was steht auf dem Zettel?»

«Dass du mit mir schlafen möchtest.»

«So etwas habe ich aufgeschrieben?»

«Sieben Jahre ist das jetzt schon wieder her.»

«Fast so lang wie unser letztes Mal.»

Philip isst den Rest seiner Paelha. Dabei kaut er gut. Sowieso kaut Philip alles gut, was er isst. Ich frage mich, wer ihm das so erfolgreich beigebracht hat. Wenn ich etwas esse, muss ich schlingen. Ich kann gar nicht anders, obwohl meine Eltern ständig zu mir sagten: «Gut kauen ist wichtig.» Solange Philip gut kaut, sehe ich weiterhin meinen Fuß an und versuche durch tiefes Spüren zu ergründen, ob sich der Versuch zu zeichnen lohnt. Die fertige Skizze von meinem rechten Fuß könnte ich ihm schenken. Das wäre mal was Schönes für sein Arbeitszimmer. Außer einigen Fotos, die ich gemacht habe, hängt da sonst nur Mist. Bilder, die er sich bei irgendwelchen Ausstellungseröffnungen hat aufschwatzen lassen. Ein Buntstift-Jesus vor der Reichstagsflagge. Schlimm ist auch, dass diese Bilder nie an Wert gewinnen werden. Ich mache einen blauen Strich, dann noch einen. Und noch einen. So eine Museumsatmosphäre hat ja durchaus etwas Inspirierendes an sich. Auf den nächsten Strich kommt es an. Der muss sitzen. Das ist mein Fuß mit ein bisschen Bein auf der Serviette. Dahinter eine Linie, die die Graskante andeutet. Noch eine. Das ist die Mauer. Flott, würde ich sagen. Wie ein moderner architektonischer Entwurf. Ich lege die Serviette neben Philips Teller, er beugt sich vor:

«Ah! Ein Fuß!»

«Mein Fuß.»

Ich lehne mich zurück, lege den Kopf in den Nacken, blinzle nach oben ins Helle. Ein Himmel wie damals beim Herbert-Grönemeyer-Konzert.

Philip streckt seine Beine unter meinem Stuhl aus, sodass ich meinen Fuß verschieben muss, um seinen nicht im Weg zu sein. Als ich aufsehe, lächelt er mich an, schiebt seine Sonnenbrille hoch. Ich frage:

«Erinnerst du dich noch an den Flughafen von Bilbao?»

«Nein, leider nicht.»

«Die Ankunftshalle sah aus wie eine riesige halb geöffnete Muschel aus Beton, die man in die Erde eingelassen hat. Drinnen gab es nichts, nur diese zwei geschwungenen Gepäcklaufbänder. Und wenn man am Ende dieser linsenförmigen Halle hinaussah, kam es einem vor, als säße man in der Muschel fest, die sich langsam öffnet, um einen schließlich doch hinauskrabbeln zu lassen.»

«Wie schön du Architektur beschreiben kannst.»

«Mach dich ruhig lustig.»

«Mache ich doch gar nicht.»

Nur weil sein Großvater Architekt war, meint er, dass er sich besser auskennt als ich. Wahrscheinlich hat er sogar Recht. Na und? Dafür kann ich gut für Ordnung sorgen. Wir brauchen nicht mal eine Putzfrau zu Hause. Mit dem Mietwagen fuhren wir vom Flughafen gleich weiter nach San Sebastian. Sobald wir gegen Abend angekommen waren, musste sich Philip im Hotel übergeben. Ihm ging es gar nicht gut. Ich sage:

«Ich wette, das lag an dem Omelett, das du in dieser Raststätte gegessen hattest.»

«Wir können es leider nicht mehr nachprüfen.»

Im abgedunkelten Zimmer lag er auf der braunen Überdecke vom Bett, rührte sich nicht. Manchmal schien es, als hätte er sogar aufgehört zu atmen. Und mir war es egal. Tatsächlich ging er mir derart auf die Nerven, dass ich glaubte, es würde nie wieder besser werden. Irgendwann kam doch wieder ein tiefer Seufzer, gefolgt von gleichmäßigen Atemzügen. Weil ich in dieser fremden Stadt nicht allein auf die Straße gehen wollte, blieb ich im Hotelzimmer vor der geschlossenen Balkontür stehen. Von dort aus sah ich über die mit Kies bedeckten flachen Dächer der umliegenden Gebäude. Die Antennen stachen wie Speere in den Himmel, der immer roter und nebliger wurde. Als das Firmament dunkelblau gefärbt war, trat ich hinaus, zündete mir in lauer Luft eine Zigarette an. Drinnen im Dämmer lag Philip und schlief. Erst als es draußen ganz dunkel geworden war, die Lichter hinter den Hotelgardinen angingen, meine Hände und Füße kalt waren, kam ich wieder herein und legte mich neben ihn. Vom Bett aus sah ich weiter über die flachen Dächer. Ich weiß noch, dass ich mir an diesem Abend wünschte, die Kunst der Meditation oder des Gebets zu beherrschen, um diesem Genervtsein zu entkommen. Philip steht auf:

«Möchtest du auch einen Kaffee?»

«Nein, danke. Ich hatte heute schon zwei.»

Da das Mädchen im schwarzen Overall nirgends zu sehen ist, geht Philip mit den Händen in den Hosentaschen nach drinnen. Ich bin müde. Und allein. Mein Kopf ist voll von unsortierten Bildern, zusammengeklebt von einander bekämpfenden Gefühlen. Warum erscheint die Vergangenheit im Nachhinein oft so viel eindringlicher als die Gegenwart? Nach ein paar Minuten kommt Philip mit einer randvollen Kaffeetasse wieder. Als er sich damit hinsetzt, stößt er gegen die Tischkante. Die braune Flüssigkeit schwappt auf die Untertasse, spritzt in feinen Tropfen auf seine helle Jeans. Manchmal habe ich den Eindruck, dass er seine eigenen Körpergrenzen nicht abschätzen kann. Es ist so, als hielte er sich für noch schmaler, als er ohnehin ist. Eilig wischt er mit der Serviette über die Kaffeeflecken auf seinem Oberschenkel. Das bringt nichts. Hätte ich ihm gleich sagen können. Also lässt er es bleiben, zieht seinen Stuhl heran und sieht mich an.

«Woran denkst du, Lizzy?»

«An San Sebastian.»

«Was war da los?»

«Weißt du das nicht mehr?»

Am nächsten Morgen frühstückten wir unten im Café des Hotels, wo wir an einem sehr breiten, weiß lackiertem Tresen saßen, hinter dem zwei Hotelangestellte in Uniform das Frühstück zubereiteten. Dicke Brioche-Scheiben wurden von ihnen mit Butter bestrichen und geröstet, Orangen in einer monumentalen Presse entsaftet. Während des Frühstücks redeten wir kein Wort. Tatsächlich fühlte sich jeder von uns durch die Gegenwart des anderen wie zugeschnürt, sodass wir kaum etwas essen konnten. Schon allein, wie Philip seinen Kaffeebecher hielt, kotzte mich an. Dort, am Tresen sitzend, fragte ich mich, wie ich es mit ihm überhaupt noch diesen einen Tag aushalten sollte. Philip schien es nicht anders zu gehen. Ich glaube, er sagte sogar: «Elisabeth, wir sollten es lassen.» Danach gingen wir, in einigem Abstand voneinander, durch die Altstadt, sahen uns die Santa-Maria-Kirche an, wo Philip sich eine Kerze anzündete, ohne dafür Geld zu spenden. Damals fand ich es unmöglich. Jetzt lache ich darüber, streiche ihm übers Knie.

«Ich liebe dich.»

Am Nachmittag fuhren wir die gewundene Straße des Monte Igueldo hinauf, sahen von ganz oben auf die Bucht mit den vielen Segelschiffen, auf das Meer hinaus. Obwohl es ein Augenblick der großen Innigkeit hätte werden können, standen wir steif nebeneinander. Jetzt berührt mich Philip am Arm:

«Warum hast du eben gelacht?»

«Ich weiß nicht.»

«Hatte es etwas mit San Sebastian zu tun?»

«Kann sein.»

In Gedanken bin ich schon wieder abgedriftet. Mindestens einmal am Tag, meist kurz vor Sonnenuntergang, fällt mir ein, was man einem lebenden Organismus, einem Menschen alles an Grausamkeiten antun kann: verbrühen, verbrennen, vertreiben, vergewaltigen, bombardieren. Doch es gibt nur wenige Möglichkeiten, dem Menschen mit gleicher Intensität etwas Gutes zu tun. Ich sage:

«Wie schön wäre es, bereits ans Lebensende gekommen zu sein, mit der Gewissheit, alles heil überstanden zu haben.»

«Wie bitte?»

«Überleg doch mal, was uns bis zum Lebensende noch alles passieren kann!»

«Ja, was denn?»

«Na, alles.»

Am frühen Nachmittag fuhren wir weiter nach Guernica. Zuerst durch die ausgestorbene altrosa Plattenbebauung, dann eine steile Rollsplittstraße hinauf, die direkt zu einer zugewucherten Kirchenruine führte. Gleich daneben parkten wir im hohen Gras den Wagen, stiegen aus. Auf jedes Gesteinsfleckchen, das der Efeu frei gelassen hatte, war mit grüner Farbe «ETA» aufgesprüht. Ich wollte sofort wieder weg, hier oben hätte uns niemand helfen können. Doch Philip fand, wir sollten wenigstens einen Blick ins Tal hinunter werfen. So standen wir, Arm in Arm am grasbewachsenen Abhang, sahen ins Tal, und Philip erzählte mir von der erschütternden Geschichte Guernicas. Die ich nicht vergessen habe. Als wir am nächsten Tag wieder in Bilbao ankamen, besuchten wir das Guggenheim Museum. Natürlich beeindruckte uns der Bau, der perfekt wie eine Prothese in die Umgebung eingepasst war. Richtig begeistert waren wir trotzdem nicht. Ich sage:

«Am schönsten ist immer noch das Museum in Humlebæk.»

«Wer?»

«Louisiana. Das Museum in der Nähe von Kopenhagen.»

Früher bin ich mit meinen Eltern oft dort gewesen. Als Philip und ich dieses Frühjahr wieder im Raum über den Klippen standen, berührte mich der Blick aufs Meer. So, als sähe ich aus einem Rahmen auf die eigene raue See. Philip klopft mir auf den Oberschenkel:

«Lass uns gehen, Lizzy.»

In diesen Tagen fällt mir Philips Gelocke und Gezerre besonders auf. Möglicherweise liegt es an mir. Ich bin schlaff geworden. Zum Zeichen, dass ich ab jetzt wieder aktiver werden möchte, nehme ich unser Geschirr, stelle es in der Cafeteria auf dem schwarz lackierten Tresen ab. Philip legt für die Bedienung noch ein paar Geldscheine daneben. Dann gehen wir im orangeroten Dämmer die aufgeheizten Gassen nach Lapa hinauf. Philips Arm liegt um meine Schulter, meine Hand steckt im Bund seiner

Jeans. Schön, dass wir uns haben. Henry Moore, Alexander Calder, Jean DeBuffet. Stand damals noch jemand auf Humlebæks Rasen?

7.

Es ist zehn Uhr abends, die Tür zum Balkon ist aufge-
schoben, von der Restaurantterrasse dringen gedämpfte
Stimmen und Besteckklappern zu uns herauf. Philip liegt
schon wieder mit der Fernbedienung auf dem Bett, ich
recherchiere im Internet nach Nahtoderfahrungen. Ich
wünschte, ich hätte mich schon viel früher mit dem Thema befasst, diese ständige Wut auf den Tod hätte ich mir
sparen können. Jetzt bin ich fast euphorisch, was das Sterben anbelangt. Es scheint sich dabei um ein ausgespro-
chen angenehmes Ereignis zu handeln. Ich sage:

«Da bekommt man ja fast Lust zu sterben!»

Philip sieht mich an.

«Hm?»

«Ich sagte: Da bekommt man ja fast Lust zu sterben,
wenn man sich die Erlebnisberichte von Nahtoten durch-
liest.»

«Kannst du dich nicht mal mit etwas anderem beschäf-
tigen?»

Ich klappe den Laptop zu, Philip schiebt sich das Kissen im Nacken zurecht, sieht wieder zum Fernseher. Er

hat doch keine Ahnung, was es bedeutet, jemandem beim Sterben zuzusehen. Manchmal frage ich mich, was aus Chris und mir geworden wäre. Das Gleiche wie aus Markus und mir. Nichts. Nichts von uns ist übrig geblieben, außer einer Erinnerung, die keiner hören mag. Nachts, wenn ich aufwache, die Augen öffne, ist der Eindruck besonders stark, mich an nichts festhalten zu können. Ich bin eine Projektion, die keine Spuren hinterlässt. In diesen seltsam wachen Augenblicken ist alles wieder da: Wie Markus und ich die bewaldeten Hügel gegenüber dem Ragged Point Inn hinauffuhren. Zwischen den Bäumen, ein Stück von der Straße entfernt, fiel uns ein dunkler Rover mit offen stehenden Türen auf. Sofort assoziierte ich: Ritualmord. Markus: kiffende Jugendliche. Ein Stück weiter oben hielten wir gegen meinen Willen an, sahen über die bewaldeten Hügel ins rote Abendlicht, Mücken setzten sich auf unsere nackten Arme. Markus war voller Ruhe, atmete tief ein. Ich sah mich um, mit dem unguten Gefühl, jeden Moment erschossen zu werden. Ich sage:

«Je länger man lebt, desto größer wird die Gefahr, einem Verbrechen zum Opfer zu fallen.»

«Andy war hol, sagt Horst Janssen.»

«Was willst du mir damit sagen?»

Philip lächelt.

«Nichts, Lizzy. Nichts.»

Ich gehe an den Betten vorbei ins Bad, schließe die Tür hinter mir ab. Philip versteht mich nicht. Trotzdem sieht er heute Abend sehr anziehend aus. Regelrecht erotisch. Vielleicht könnten wir später eine kleine Nummer wagen. Erst rasiere ich meine Beine und Arme glatt, auch unten alles ab und glatt. Wie bei einem jungen Mädchen. Danach breite ich eins von den großen Badetüchern auf dem Boden aus, lege mich darauf, falte die Hände hinter dem Kopf, spanne meine Bauchmuskeln an. Mit dem Blick auf die Unterseite des Waschbeckens, die hängenden Handtücher, meinen verkrumpelten Kleidern auf dem Hocker zähle ich langsam bis zehn. Jetzt kann ich wieder lockerlassen. Drüben wird der Fernseher lauter gestellt. Was ich hier tue, ist demütigend. Ich atme gleichmäßig, dabei sehe ich aus dem Hotelfenster des Treasure Island, hinunter auf die endlose staubige Brache unter der Glasglocke. Tatsächlich hatte ich damals den Eindruck, zu Fuß nach Hause gehen zu müssen. Durch die Wüste, ohne einen Schluck Wasser. Und wie durch Watte dringen die Schilderungen der Nahtoten zu mir durch: IT WAS JUST LIKE COMING HOME AFTER A ROUGH RIDE. Jetzt noch einmal die Bauchmuskeln anspannen, ruhig weiteratmen. Langsam mit dem Oberkörper hochkommen. BIG ANGEL WITH HUGE WINGS, WHITE AND GOLD … WHITE ROBE, GOLD WINGS, LIGHT. Philip hat Recht, ich merke mir nur das, was mich interessiert. Die Erlebnisberichte von Nahtoten. Jetzt lockerlassen und entspannen. Keine Ahnung, ob Chris Angst hatte zu sterben. Vielleicht war es schön für ihn, so, wie er da im Schein der Straßenlaterne auf dem nassen Asphalt lag. Er bewegte seine Lippen, aber es kam nichts heraus. Sah mich nur an und verschwand ins Nirgendwo.

Als ich am nächsten Morgen aufwache, sehe ich als Erstes zur roten Digitalanzeige im Fernseher. Diese Nacht haben Philip und ich wieder im selben Bett verbracht – ohne miteinander zu schlafen. Es ist schon kurz vor acht. Ganz gegen seine Gewohnheit schläft mein Mann immer noch. Ist er jetzt tot? Leicht streiche ich mit den Fingerspitzen über seine Schulter, stelle mir vor, es ist René, der neben mir liegt. Doch die Illusion hält nicht lange an. Philip dreht sich langsam zu mir um, sodass ich meinen Kopf auf seine Brust legen kann.

«Guten Morgen, Lizzy.»

«Hoffentlich stürzen wir nicht ab.»

«Ich kann es nicht mehr hören.»

Ohne einen Kuss steht er auf, verschwindet ins Bad. In jedem Fall möchte ich zu Hause sterben, damit ich mich zurechtfinde, wenn ich meinen Körper verlasse. Das wäre im Moment mein dringlichster Wunsch. Außerdem sollten wir wenigstens einmal miteinander geschlafen haben, bevor wir morgen den Rückflug antreten. Obwohl ich nicht in Stimmung bin, lege ich mich bäuchlings aufs Laken, die Beine leicht gespreizt, mit dem Kissen über dem Kopf. Genau wie das junge Mädchen in Charles Willefords *Miami Blues*. Als Philip nach ein paar Minuten zurückkommt, weiß er, was zu tun ist. Er hebt die Decke an, schiebt mir mit geübtem Griff sein Kopfkissen unter das Becken. Wie der Killer in *Miami Blues*. Jetzt kniet er sich zwischen meine Beine, sagt:

«Schsch, sei leise. Beweg dich nicht!»

Ich versuche es. Liege nur da, das zweite Kissen über

dem Kopf, damit er sich vormachen kann, ich sei das junge, wehrlose Mädchen. In allem, was wir tun, suchen wir nach tröstendem Ersatz. So golden und sexy, wie wir es uns erträumten, wird es nie wieder werden. Ich atme ins Kissen, hebe aus Versehen doch mein Becken an. Philip drückt es mit beiden Händen wieder nach unten.

«Nicht bewegen.»

«Entschuldige.»

Ich will bei der Sache bleiben. Ich bewege mich nicht. Am Nachmittag kletterten Markus und ich hinter dem Motel die Felsen hinunter bis zum Meer. Mir wäre es lieber gewesen, oben am Abhang entlangzugehen, anstatt über die großen glitschigen Steine am Strand zu stolpern. Nach zweihundert Metern blieb ich stehen, weil ich befürchtete, das Wasser könnte steigen, bevor wir es schaffen würden, die lehmigen Klippen wieder hinaufzukommen. Markus fand das albern, fing schon wieder von seinem Risiko-Gen an. So kletterte ich allein hinauf und wartete im geblümten Motelzimmer auf ihn. Philips Unterarme liegen rechts und links von meinem Kopf, ich werde gehalten. Dafür ist die Decke heruntergerutscht. Auf dem beige geblümten Bett mit den vielen Kissen wartend, sah ich durch die große Glasscheibe der Terrassentür ins angrenzende Gebüsch, dahinter ging es steil bergab. Ab und zu kamen Spaziergänger über unsere Terrasse, sahen zu mir herein. Philip dreht mich um, legt mein linkes Bein auf seine Schulter. Nach zwei Stunden klopfte Markus endlich an die Terrassentür. Ich blinzle nach oben. Philips Gesicht ist dicht über meinem, seine Hände umfassen meine Handgelenke. Als wir abends auf dem Bett saßen, rollte sich Markus Entenfleisch mit Pflaumensoße in dünne Eierkuchen ein, während im Fernsehen Verbrechen aufgeklärt wurden.

«Schsch, sei leise … Nicht bewegen.»

Es ging um einen Heiratsschwindler, der seine fünf Ehefrauen ermordet hatte. Mein Bein rutscht zum zweiten Mal von Philips Schulter. Nein! Es ging um eine verweste Männerleiche, die man im Straßengraben in einem Werkzeugkasten gefunden hatte. Philip hält meine Hände über dem Kopf zusammen. Noch heute frage ich mich, wie man einen Männerkörper in einen Werkzeugkasten bekommt. Er faltet mich zusammen, wirft mich auf die Seite. Wir liegen zu nahe an der Kante, sodass wir auf den Teppich rutschen. Zwischen Wand und Bett drückt er meinen Kopf nach unten. So ist es besser. Jetzt bin ich bei der Sache. Einfach nur auf allen vieren knien. René, das kann ich am besten.

Einmal fesselte mich Philip an Händen und Füßen an unser Bett. Wie ein geknebeltes X lag ich da. Philip saß neben mir auf einem Stuhl, seine Stimme bekam einen ganz anderen Klang: «Ich bin dein Meister.» Frierend lag ich da und wusste nicht, was kommt. Später meinte Philip: «Für so eine Aktion braucht man ein Konzept.»

Ein paar Minuten bleiben wir noch liegen. Ich auf dem Teppich, Philip auf meinem Rücken. In dieser Position bekommt man leicht Nackenschmerzen. Glücklicherweise ist er niemand, der lange verharrt. Wir haben ja noch andere Sachen zu tun. Zum Beispiel frühstücken gehen. Er steht auf, schlägt mir mit der flachen Hand auf den Po:

«Los, steh auf, Lizzy.»

«Gleich.»

Nur noch ein bisschen liegen bleiben. Fühlt sich gerade so provisorisch an. Als sei das Bett die Brücke und ich der Penner darunter. Ist auch mal ganz angenehm. Als Kinder spielten meine Schwester und ich gerne *Arme Leute*. Nach dem Vorbild von *David Copperfield* und *Silas*. In einem solchen Leben ist man mit nichts anderem beschäftigt, als zu überleben. Im Augenwinkel habe ich Philip. Er steigt in seine Jeans, nimmt den Reiseführer vom Schreibtisch, weil er noch mehr von Lissabon sehen möchte. Ist mir recht. Mir ist alles recht. Heute gucke ich mir alles an. Überhaupt habe ich gar nicht mehr den Wunsch, alles bis ans Lebensende im Kopf zu behalten. Beziehungsweise bin ich mir zum ersten Mal seit langem sicher, dass es mit dem Speichern klappen wird. Denn in ein paar Stunden ist alles vorbei. Bis dahin kann ich mir einiges merken. Oder auch nicht. Ist mir egal. Bevor ich richtig abschlaffe, zieht mich Philip schon wieder am Arm hoch.

«Komm schon, Lizzy.»

Diese Aufforderung besitzt auch keine Macht mehr. Ich bin erledigt, lasse mich ohne Scham in der Aufwärts- bewegung aufs Bett zurücksacken. Mit sechzehn wollte ich gerne Falten im Gesicht haben. Als Zeichen von Reife und Weisheit. Obwohl mein Wunsch inzwischen in Erfüllung gegangen ist, weiß ich immer noch nichts. Nicht mal das, was mir Philip gerade aus dem Reiseführer vorträgt. Er steht an der offenen Balkontür, trinkt aus einer kleinen Flasche Apfelsaft und redet und redet. Erst als es um ein alles verheerendes Erdbeben geht, höre ich zu und sage:

«Hätte ich gewusst, dass in Lissabon so etwas passiert, wäre ich gar nicht hergekommen.»

«Das ist doch schon zweihundertfünfzig Jahre her.»

«Gerade nach der Risikostatistik würde das bedeuten, es ist wieder an der Zeit.»

«Ach, Lizzy.»

Philip streift wieder am Bett vorbei, lässt den Reiseführer neben mir aufs Laken fallen. Dann geht er zum Schrank, holt ein Hemd heraus, knöpft es im Stehen zu:

«Ich wünschte, du wärst nicht ganz so paranoid.»

«Bin ich doch gar nicht.»

Oder doch? Gleich ist da wieder die Angst vor der psychischen Deformation. Philip steckt das Hemd in die Jeans, macht den Gürtel zu.

«Stehst du auf? Ich muss etwas essen.»

«Geh doch schon vor. Ich will noch etwas überprüfen.»

«Was denn?»

«Handlungsabläufe in der Vergangenheit.»

«Mach das doch beim Frühstück.»

«Nein. Da kann ich mich nicht konzentrieren.»

Ich schließe die Augen, hoffentlich sagt Philip nichts mehr. Wenn ich erst einmal im Geschehen drin bin, will ich nicht gestört werden. Es ist fast wie ein Zwang: Vergangenes in Gedanken zu wiederholen. Ich bin tatsächlich paranoid. Das liegt an den Drogen. Immerhin will ich nichts vergessen, sondern chronologisch rekonstruieren. Philip und ich passen in diesem Punkt nicht zusammen. Optimal wäre es, eine Kamera im Kopf zu haben, die meine Erinnerung filmt. So könnte ich sie, mit Datum versehen, ganz einfach in schwarzen Regalen archivieren.

Am 18.07.98 stehe ich frühmorgens auf, schleiche ins Badezimmer des Ragged Point Inn, um den Schwangerschaftstest zu machen, den Markus und ich am Tag zuvor im Supermarkt besorgt haben. Während Markus noch schläft und ich auf das Ergebnis warte, stehe ich in T-Shirt und Unterhose an die gekachelte Wand gelehnt, sehe hinüber zur gelb-grünen Haarwachsdose, die sich Markus zu Beginn unserer Reise in Los Angeles gekauft hat. Ich überlege, was zu tun ist, wenn ich wirklich schwanger bin. Ob ich es Philip sagen soll. Schließlich wartet er darauf, dass ich zu ihm zurückkomme. Nach drei Minuten beuge ich mich hinunter, gucke auf den schmalen Plastikstreifen mit dem Testfenster, der auf dem Waschbeckenrand liegt. Von der anderen Seite der Tür höre ich Markus plötzlich rufen: «Darling, are you pregnant?»

Nebenan putzt sich Philip die Zähne, jetzt dreht er den Wasserhahn voll auf. Als Markus später unter der Dusche stand, rief ich ihn doch an. Ich wusste nicht, wie ich es ihm sagen sollte. Also flüsterte ich nur: «Du fehlst mir.» Ich hoffte, Philip würde etwas ahnen und nachfragen. Mich so lange löchern, bis ich es aussprechen musste. Das klappte auch nicht. Er wollte nur auf dem Sofa liegen und meine Stimme in sein Ohr hauchen lassen. Ich sagte nichts mehr, weinte so leise, dass er es nicht hören konnte. Jetzt höre ich ihn gurgeln. Weil Markus am Vormittag noch ein bisschen klettern wollte, fuhren wir wieder mit dem Auto hinauf in die Berge. Ich versuche mich zu erinnern, wo wir damals unseren Mietwagen parkten. Gerade habe ich nur die Vision eines überfüllten Abfalleimers vor Augen. Mehr nicht. Ich lehne mich zurück in die Kissen, halte mir die Hände vors Gesicht, um mich besser konzentrieren zu können. Irgendwo in mir liegt die Antwort vergraben. Ich werde sie finden, wenn ich nur ein wenig Ruhe habe.

«Was ist los? Möchtest du schlafen?»

Philip steht am Fußende vom Bett.

«Nein, nur wissen, wo wir unseren Mietwagen parkten.»

«Hm?»

Ich blinzle zwischen meinen Fingern hindurch, Philip zieht sich sein hellblaues Jackett über, klappt den Kragen heraus.

«Kommst du jetzt mit?»

«Gleich.»

Ich brauche Ruhe. Wenn ich den Parkplatz in mir gefunden habe, komme ich nach. Philip steckt sein Portemonnaie ein, schnürt sich, vor dem Bett kniend, die Schuhe zu. Weil ich nicht aufstehe, bleibt er abwartend im Korridor stehen.

«Komm, Lizzy!»

«Gleich, Liebling. Gleich.»

Philip geht, ich bleibe liegen.

Auf Serpentinen fuhren wir die Berge hinauf. Durch die Baumwipfel brach die Sonne, Lichtreflexe blendeten uns für Sekunden. Ab und zu kam uns ein Auto entgegen, sodass Markus auf den schmalen Seitenstreifen ausweichen musste. Auf halber Höhe bogen wir dann auf einen Parkplatz ab. Jetzt sehe ich ihn wieder vor mir. So deutlich, dass ich davon eine Skizze anfertigen könnte. Besser, ich bleibe liegen. Wir stiegen aus, Markus nahm meine Hand, zog mich hinter sich her, eine steile, zugewachsene Schlucht hinauf. In etwa fünfzig Meter Höhe sahen wir von einem felsigen Absatz hinunter auf unser rotes Auto mit dem schwarzen Verdeck. Wie verlassen kam es mir vor. Still, verwundert über seine plötzliche Einsamkeit. Immer höher krochen wir durch dünnes Geäst, durch kahle Sträucher, an einer Stelle rutschten wir steil bergab. Ich dachte: Hoffentlich passiert dem Baby nichts! Vergeblich versuchte ich mich an Gräsern festzuhalten, rutschte weiter. Markus ahnte nichts von meinen Bedenken. Sobald wir Halt fanden, kletterten wir an einer anderen Stelle wieder nach oben. Zogen uns an herunterhängenden Ästen immer höher hinauf, bis wir auf einem felsigen Plateau ankamen, in dessen beckenartigen Vertiefungen sich Quellwasser gesammelt hatte. Sofort zog sich Markus aus, glitt ins Wasser. Ich blieb nahe bei ihm auf einem Felsvorsprung stehen.

Das Telefon klingelt. Ich streiche mir die Haare von den Augen.

«Hallo?»

«Kommst du runter? Ich warte an der Rezeption auf dich.»

«Sofort.»

Ich krabble aus dem Bett, suche im Badezimmer nach meinem Haargummi. Als ich mich einigermaßen zurechtgemacht habe, ziehe ich die Tür hinter mir zu, laufe den Gang hinunter.

In der Halle ist Philip nirgends zu sehen. Ich gehe einmal um den Lacktisch mit dem Lilienbouquet herum, dann durch die offene Tür nach draußen. Da wartet er in der Morgensonne auf dem Mosaik des Vorplatzes, mit den Händen in den Hosentaschen. Ich winke ihm zu, gleich macht er ein paar Schritte in Richtung Straße.

«Los, komm Lizzy!»

Ohne das Ziel zu kennen, werde ich mein Leben lang rennen müssen, um mit ihm Schritt halten zu können. Ich laufe hinterher, fasse nach seinem Jackettärmel. Wenn er nicht fällt, falle ich auch nicht. So hetzen wir, ich in rosa Badeschlappen, er in seinen geschnürten Schuhen, die schmale Straße zwischen den Häusern hinunter. Philip sagt:

«Die Pest hat alle dahingerafft.»

«Wann war das?»

«Irgendwann im Mittelalter.»

Dann reden wir nicht mehr. An seiner Hand lasse ich mich durch die Gassen ziehen wie durch eine virtuelle Welt, die seit Jahren nicht mehr existiert. So, als sei Lissabon eine einzige riesige Blue Box, die meine Vergangenheit reflektiert. Markus und ich kehrten zu unserem geparkten Auto zurück. Er legte den Rückwärtsgang ein, wir wendeten und fuhren in dunkelblauer Luft die engen Kurven hinunter, viel zu schnell. Ich klammerte mich an den Türgriff, stemmte meine Füße an die Seiten: «Markus, nicht so schnell!» Ich wollte nicht sterben. Nicht auf so eine dumme Art. Wenn überhaupt, dann zu Hause, bei Philip.

8.

Über eine schmale Kopfsteinpflastergasse, die sich in engen Kurven zwischen den Häusern um den Berg legt, gelangen Philip und ich zur Burg. Seit wir den schnellen Aufstieg begonnen haben, läuft Philip ein gutes Stückchen vor mir. Ich bin außer Atem, werde immer langsamer und weiß nichts zu sagen. Von Philip kommt auch nichts mehr. Auf einmal herrscht zwischen uns wieder diese dumpfe, klebrige Stimmung. Wie damals in San Sebastian. Zur Auflockerung könnte ich ein Foto von ihm machen.

«Philip?»

Er dreht sich um.

«Ja?»

«Bleib doch mal stehen.»

«Warum?»

«Weil ich ein Foto von dir machen will.»

«Ach, nee.»

«Warum denn nicht?»

«Ich bin jetzt nicht in Stimmung.»

Dann eben nicht. Philip dreht sich wieder um, läuft

weiter. Ich laufe weiter, alles läuft weiter. Braun ge-
brannte Urlauber in kurzen Hosen, mit Hüfttaschen und
Schirmmützen kommen uns entgegen. Und irgendwann
hört es auf. Sonst würden wir es niemals den Berg hinauf
schaffen. Als wir endlich oben ankommen, betreten wir
gemeinsam den verwilderten Innenhof der Burg. Über
den hohen Gräsern flattern Kohlweißlinge. Ich frage:

«Meinst du, gleich geht ein Erdbeben los?»

«Ach, Lizzy.»

«Sag doch mal.»

«Kannst du nicht mal an etwas anderes denken?»

«Bist du sicher?»

Ohne zu antworten, nimmt Philip meine Hand. Was
soll er auch sagen? Er ist ja kein Seismograph. Wir bewegen uns in die schattige Ecke des ummauerten Innenhofs, dorthin, wo noch andere Leute in Shorts und kurz-
ärmeligen Blusen stehen. Wir alle warten darauf, die
Treppe im Turm hinaufsteigen zu können, um im Wehr-
gang einmal ringsum zu gehen. So wie die Leute, die
schon oben sind und auf uns hinuntersehen. Philip und
ich zwinkern in den wattigen Himmel zu ihnen hinauf.
Einige winken, als würden sie uns kennen. Philip winkt
zurück und ruft: «Olà.» Und noch einmal: «Olà.» Das ist
doch peinlich. Dann lacht er, und als Nächstes sind wir
an der Reihe, die ausgetretenen Stufen im Turm hinauf-
zusteigen. Vor mir höre ich Philip schon wieder «Olà» in
den steinernen Schacht rufen. Hoffentlich war das jetzt
das letzte Mal.

Sobald wir oben stehen, kommt mir eine Gruppe von Rittern entgegengelaufen, sie nehmen mich in ihre Mitte, tragen mich weiter. Weil ich Anna heiße. Philip ist schon um die erste Ecke gebogen, ich sehe nur noch seinen hellblauen Oberkörper mit Kopf und Sonnenbrille, der Rest verschwindet hinter der hüfthohen Mauerbrüstung. Ich würde sagen: Der Hauch der Geschichte ist deutlich zu spüren.

Unten, im Burgring, stehen im ungefähren Abstand von fünf Metern Platanen mit weit ausladenden Kronen. Auf die schaue ich hinunter, denke an die riesige Akazie im Garten meiner Eltern. Wahrscheinlich sitzen sie gerade darunter, trinken Tee, fragen sich, wie es ihrer Tochter wohl im Urlaub ergeht. Sie lehnt hier oben an einer breiten Mauerbrüstung, beugt sich weit darüber. Obwohl sie an Selbstmord denkt, fühlt sie sich sehr wohl. So würde es sich anfühlen, könnte ich springen:

MamaliebeMamaliebeMamaliebeMama.

Einmal sagte mein Vater zu mir: «Der Tod kann etwas sehr Tröstliches haben.»

Am Ausgangsturm treffen Philip und ich uns wieder, dicht an der Wand entlang steigen wir die Treppe hinunter, damit die Emporsteigenden an uns vorbeikommen. Auf der gegenüberliegenden Seite des Innenhofs gelangen wir durch einen Torbogen in den Burgring. Hier schlendern wir Hand in Hand im Schatten der Platanen, sehen hinaus auf Lissabons Häusermeer. Nichts als ineinander

verschachtelte rote Schindeldächer in der steilen Mittagssonne. Als wir anhalten, lege ich mir die rechte Hand als
Schirm über die Augen, und Philip sagt:

«Ich werde mich von dir trennen.»

«Was hast du gesagt?»

Er lässt mich los, geht ein Stück an der niedrigen Mauer
entlang, wieder durch den mit Efeu überwucherten Torbogen. Ich komme hinterher, versuche eine Verbindung
zwischen mir und der Umgebung herzustellen, damit ich
nicht falle. Was hat er gesagt? Ich schwanke, vielleicht finde ich mich in dem bröckligen Gestein der Burgruine wieder. So dicht, wie ein Kind seine Umgebung wahrnimmt,
gehe ich an die gelbe Mauer heran, ganz dicht, sehe in den
Zwischenraum zweier Steine, sehe, wie es darin krabbelt.
Kleine feuerrote Spinnen laufen über feine Mörtelbro-
cken, ihnen fühle ich mich verbunden. So ahnungslos, so
gutmütig, so klein. Am liebsten würde ich fragen, ob ich
bei ihnen einziehen darf. Philip bleibt stehen:

«Was tust du da?»

«Ich suche mich.»

Irgendwo in dieser Höhle müsste ich doch sein. Dann
fällt mir ein, dass es unter den Büschen und im Gras sicher Blindschleichen gibt. Schnell mache ich einen Schritt
zurück auf den Weg, dabei trete ich Philip auf den Fuß.

«Entschuldige bitte.»

Nebeneinander trotten wir in der Mittagshitze die Kopfsteinpflastergasse wieder hinunter. Philip wollte kein
Kind. Schon gar nicht seins. Weil er schwitzt, zieht er sein

Jackett aus, wirft es über die Schulter. Ich beneide ihn um seine festen Schuhe, die Plastikriemen meiner Badeschlappen reiben bei jedem Schritt zwischen den Zehen. MEINEN Zehen. Wenn ich nicht zusammenbrechen will, muss ich mir die Ganzheit meines eigenen Körpers bewusst machen. Es fällt mir schwer, meine Bewegungen zu koordinieren. Arme und Beine zucken, ich versuche, nicht durchzudrehen. Immer einen Schritt weiter. Was hat er gesagt? «Ich werde mich von dir trennen.» So ähnlich muss sich Sterben anfühlen, so muss es sich anfühlen, wenn die Seele den Körper verlässt. Wann denn? Wann will er sich denn von mir trennen? Philip ist schon weit vor mir. Hoffentlich falle ich jetzt nicht um. Er würde garantiert vermuten, dass es Absicht ist. Doch viel lieber würde ich die Kraft aufbringen, hinter ihm herzulaufen, ihn einzuholen, um ihn mit etwas Klugem zu überraschen. Ich könnte sagen:

«In Bilbao habe ich mir die Deckenkonstruktion vom Museum ganz genau angesehen.»

Spätestens bei der Ausführung würde ich stolpern. Und fallen. Sein Großvater war schließlich Architekt. Ich sage laut:

«Ich bin froh, dass wir keine Kinder haben.»

Philip dreht sich zu mir um.

«Hm?»

«Welches Kind möchte eine Mutter haben, die ihr Gedächtnis verliert?»

«Elisabeth, kannst du bitte endlich mit diesem Scheiß aufhören? Du verlierst nicht dein Gedächtnis.»

«Woher willst du das wissen? Wir haben doch beide den Artikel über die Spätfolgen von Drogen gelesen.»

«Na und?»

Wie schön wäre es, bereits ans Lebensende gekommen zu sein, alles hinter sich zu haben. Wir stehen nebeneinander am Straßenrand, Philip beugt sich nach vorne, um besser einzuschätzen, wann wir zwischen den Autos hindurch auf die andere Seite laufen können. Ich mache einfach, ohne zu gucken, einen Schritt auf die Straße. Mal sehen, was jetzt passiert. Fast fährt mir ein Auto über die Füße. Philip reißt mich zurück.

«Bist du wahnsinnig?»

«Was hast du denn?»

Wie ein Klassenlehrer einen ungezogenen Schüler hält er mich am Oberarm fest. Ich denke: Wenn er mich nicht ständig hetzen würde, könnte ich relativ genau rekonstruieren, wie viel Kokain ich in meinem Leben genommen habe. Ich brauchte nur einen Block und einen Stift und etwas Zeit. Mit meinem Ergebnis würde ich gerne zu einem Spezialisten gehen, ihn fragen, wie sehr die Zerstörung meines Gehirns, meines Erinnerungsvermögens in den kommenden Jahren fortschreiten wird. Philip lässt mich nicht mehr los. Wahrscheinlich denkt er, ich bin selbstmordgefährdet, weil er sich von mir trennen will. Laut sage ich:

«Ich glaube dir nicht.»

Philip antwortet nicht. Zieht mich weiter, an der endlosen weißen Front eines monumentalen Bauwerks vorbei. Daran will ich mich auf gar keinen Fall erinnern. Niemals.

Ich schalte ab. Gehe zurück. Zu Markus und mir. Manchmal denke ich, ich hätte bei ihm bleiben sollen. Das mit den Drogen hätten wir in den Griff gekriegt. Es wäre gar nicht anders gegangen. Denn ich war ja schwanger. Am Nachmittag kamen wir in San Francisco an. Sobald wir den Schlüssel in dem kleinen gläsernen Portierbüro des Chelsea Motor Inn besorgt hatten, stiegen wir in den dritten Stock hinauf, gingen einen dunklen schmalen Gang hinunter. Markus öffnete die Tür zu unserem Zimmer, dessen Wände und Möbel mit dunkelbraunem Furnierholz verkleidet waren. Drinnen ließen wir unsere Taschen fallen, legten uns auf die wattierte Überdecke vom Bett. Markus strich mir die Haare aus der Stirn, sagte: «Ab heute darfst du keine Drogen mehr nehmen. Das schadet dem Baby.» Danach ging er, um einen Freund zu treffen. Ich blieb zurück, sah mir im Fernsehen einen Bericht über das bewegte Leben von Meat Loaf an.

9.

Philip und ich sind zurück im Hotel. Den letzten Teil des Weges habe ich gar nicht mitbekommen. War ganz weit weg. So, als hätte ich geschlafen.

Philip öffnet die Zimmertür, lässt mich zuerst eintreten. Alles liegt so, wie wir es am Morgen verlassen haben. Die Bettdecke auf dem Boden, der Reiseführer auf dem Laken, daneben ein blasser Fleck. Die Balkontür ist einen Spalt geöffnet, die Gardine flattert im Wind, auf dem Schreibtisch steht Philips kleine Apfelsaftflasche. Ich setze mich auf das Fußende seines Betts, schleudere meine Badelatschen gegen die Minibar. Philip bleibt im Korridor stehen, sieht mich an. Ich sehe ihn an. Still ist es zwischen uns. Ganz still. Dann seufzt er, hängt sein Jackett auf, geht mit seiner Badehose ins Bad. Als er wieder herauskommt, sagt er nur:

«Wir brauchen jetzt Abstand.»

«Alles klar.»

Philip weiß gar nicht, wie groß der Abstand jetzt schon ist. Mein Kopf ist vollkommen leer. So fühlt es sich also an, wenn alles gelöscht ist. In so einem Fall braucht man

einen Zeugen, der einem erklärt, wer man ist. Dieser
mögliche Zeuge steht vor mir, im weißen Hotelbademan-
tel, mit hängenden Schultern, unglücklichem Gesicht.

«Was machen wir nun?»

«Ich weiß es nicht.»

Das wusste ich damals schon nicht. Als das Leben von
Meat Loaf vorbei war, schaltete ich den Fernseher ab, sah
mich im dämmrigen Zimmer um. Auf dem Nachttisch
stand ein Aschenbecher aus braunem Glas. Einen von
Markus bis zur Hälfte gerauchten Zigarettenstummel
steckte ich mir in den Mund, versuchte ihn anzuzünden,
ohne mir dabei die Wimpern abzubrennen. Nach drei Zü-
gen drückte ich den angeschmolzenen Filter wieder aus,
stand auf. Drüben im Bad schluckte ich die letzten zwei
Valium und legte mich wieder hin.

Als ich aufwache, ist Philip verschwunden. Ich setze mich
im Bett auf, sehe auf die Uhr. Es ist früher Nachmittag.
Jetzt hätte ich gerne Valium 10. Die Nebenwirkungen
wären mir tatsächlich egal. Nichts ist mehr so, wie es
einmal war. Überhaupt passe ich nicht in diese Welt. Ich
falle runter, mir ist kalt. Also ziehe ich den zweiten Hotel-
bademantel über, quetsche mich durch den Spalt der halb
aufgeschobenen Balkontür. Draußen im Licht lege ich
die Hände auf die Brüstung, sehe hinunter in den zwit-
schernden Garten. Hinter den Blättern der großen Palme
liegt Philip auf einem der Liegestühle am Pool.

«Weil wir jetzt Abstand brauchen.»

So dicht am Geländer komme ich mir wie Neil Armstrong vor, als sähe ich aus dem All hinunter auf die kleine Welt, beobachtete das Treiben mit dem Wunsch, selbst wieder Teil davon zu sein. Ich könnte mich neben Philip setzen und sagen: «Wenn du mit einer anderen Frau schlafen möchtest, kannst du das tun. Ich werde es sowieso gleich wieder vergessen.» Stattdessen schiebe ich die Balkontür von innen zu.

Am Morgen lag Markus wieder neben mir im Bett. Hinter den halb aufgezogenen Gardinen war der Himmel sehr klar, sehr hell. Ohne die Augen zu öffnen, griff er nach meiner Hand, zog mich zurück auf die Matratze. Er sagte: «Bleib noch ein bisschen bei mir liegen.» Aber ich war wach, wollte uns auf der Lombard Street einen Kaffee besorgen. Also stand ich auf, zog Jeans und T-Shirt vom Vortag wieder an, fragte: «Hast du letzte Nacht etwas genommen?» Sicher hatte er. Ich beugte mich zu ihm hinunter, gab ihm einen Kuss auf seine weichen Lippen, flüsterte: «Hör auf mit den Drogen.» Seit drei Jahren habe ich nicht mehr mit ihm gesprochen. Ich weiß nicht, was er macht. Vielleicht ist er verheiratet. Möglicherweise hat er Kinder. Ich stelle das Telefon auf meine Bademantelknie, tippe seine Nummer ein. Meine Hand zittert, dreimal muss ich von vorn anfangen, weil ich die Tasten nicht treffe. Es tutet. Es tutet. Was soll das bringen? Mein Magen krampft sich zusammen, durch Arme und Beine geht ein nervöses Zucken. Ich schlucke. Schlucke. Mein Mund, mein Hals, alles ist trocken. Es tutet.

«Hallo?»

«Markus?»

«Ja?»

«Hier ist Lizzy.»

Markus hat aufgelegt. Ich lege auch wieder auf. Meine
Hände sind kalt und hören gar nicht mehr auf zu zittern.
Ich stelle das Telefon zurück auf den Nachttisch, schmei-
ße dabei das leere Apfelsaftfläschchen um, es kullert unter das Bettgestell. Ich muss Ordnung schaffen. Mit dem
Haargummi knote ich mir einen Pferdeschwanz. Dann
gehe ich um das Bett herum, schiebe die Balkontür auf.
Draußen ist es immer noch wunderbar warm. So warm
wie die frühen Abende in meiner Kindheit, als wir im
Garten grillten. Weich ist die Luft, ich atme tief ein, unten im Garten liegen die Leute weit weg von zu Hause
auf ihren Liegestühlen, schwimmen gemächlich ihre
Runden im hellblauen Pool. Wie halten sie ihr Heimweh
aus? Hier oben stehe ich und kann nicht fassen, was ich
getan habe. Ich wollte doch auch nur eine Familie haben.
Damals wie heute. Kann es nicht fassen. Markus, ich bin
voll von uns! Um irgendetwas zu tun, klammere ich mich
ans Balkongeländer, so fest, dass es schmerzt. Gerne würde ich sagen: «Markus, es tut mir leid.» Ich hüpfe, schla-
ckere mit den Beinen, schlage mit der flachen Hand auf
das Geländer. Im spiegelnden Glas der Terrassentür sehe
ich mich zappeln. Mich. Das bin ich! Dieser Körper im
weißen Bademantel. Wie ein Findelkind fühle ich mich.
Niemandem zugehörig. Kaspar Hauser will ich nicht sein.
Philip sagt immer: «Früher war Deutschland ein einziger
Wald.» Ich kann nicht begreifen, dass ich hier bin, wie ich

hergekommen bin, wer ich bin. Dass ich überhaupt noch lebe. Wo ist mein Kind? Plötzlich steht Philip neben mir, gibt mir mit weichen Lippen einen Kuss auf den Mund. Von innen ist mir kalt, so kalt. Ich zittere, strecke den Arm aus, halte mich an seinem flauschigen Bademantelärmel fest. Es tut gut, so zu stehen, einen Menschen bei sich zu haben, den man liebt. Philip streicht über meine Haare, meine Schulter, meinen Arm im Bademantelärmel. Er atmet ruhig, ich sehe seine nackte Brust, seinen Bauch, bis hinunter zu seinen nackten Füßen. Ich sage:

«Gib mir mein Kind zurück.»

«Das kann ich nicht.»

10.

Am frühen Abend fahren wir mit dem Taxi über die monumentale Brücke des 25. April. Philip weiß von einem Restaurant, das sich auf der anderen Seite des Tejos, direkt auf einer Mole befinden soll. Als es beinahe dunkel ist, haben wir es immer noch nicht gefunden, stecken mit dem Taxi in einer engen Sackgasse fest. Links befinden sich Lagerhallen, rechts das Wasser. Der Taxifahrer und Philip haben Schwierigkeiten, sich zu verständigen, schließlich legt der Taxifahrer den Rückwärtsgang ein, wir brausen über Kopfsteinpflaster mit eingelegten Schienen zurück. Am Busbahnhof steigen wir aus. Philip sagt:

«Lass uns den Rest zu Fuß gehen.»

Ich widerspreche nicht, obwohl ich Schuhe mit hohen Absätzen trage. Wir sehen in die aufgeklappte Straßenkarte, Philip tippt mit dem Zeigefinger auf einen kleinen Punkt.

«Hier müsste es eigentlich sein.»

Er faltet die Karte wieder zusammen, nimmt meine Hand, zieht mich durch den Feierabendverkehr. Ich tripple hinter ihm her, so gut es in meinen Schuhen eben geht.

Ein paar Häuserecken weiter verändert sich der Straßenbelag. Jetzt geht es wieder über Kopfsteinpflaster. Ich konzentriere mich darauf, nicht mit dem Absatz in die Fugen zu geraten. Das ist etwas anstrengend, aber auszuhalten. Besser, als wenn die Schuhe auch noch kaputtgehen. Tatsächlich kommen wir wieder zum Wasser, dieses Mal an einer anderen Stelle, sodass wir am Kai entlang gehen können, bis wir ganz hinten bunte Lampions sehen. Philip sagt:

«Da vorne ist es.»

Er lässt meine Hand los, wir gehen hintereinander, dicht an der Kaimauer entlang. Am Ende folgt eine Plattform aus Asphalt, auf der wackelige Tische vor einem Fischerschuppen stehen. Unter dem knisternden Strohdach der Terrasse setzen wir uns einander gegenüber, sehen an den vertäuten Segelbooten vorbei über die schwarze Wasseroberfläche zu den hüpfenden Lichtern Lissabons. Wir schweigen, bis das Mädchen mit den Menükarten kommt. Es lächelt. Mein Mann lächelt zurück. Ich will nichts essen. Philip bestellt sich schon wieder ein Gericht mit Fisch. In ein paar Stunden wird er es bereuen. Ich sage nichts. An den anderen Tischen klirren die Gläser, schaben die Messer über die Teller. Bei uns ist es still. So vergeht unser letzter Abend. Ich hätte mir eine Jacke überziehen sollen, die Luft um uns herum wird immer kühler. Philips hellblaues Jackett hängt neben ihm über der Stuhllehne. Die würde mich warm halten. Gerade mag ich ihn nicht darum bitten. Lieber friere ich, als sein Aftershave am Kragen zu riechen. Bevor ich die Stille nicht mehr ertrage, schiebt er doch noch seine Hand über die Tischplatte, in meine Richtung:

«Gib mir deine Hand.»

«Wie bitte?»

«Gib mir deine Hand.»

Philip lächelt mich an. Ich flüstere:

«Bitte, verlass mich nicht.»

Er öffnet den Mund, möchte etwas sagen. Ausgerechnet jetzt kommt das Mädchen mit dem Fisch. Zwischen uns liegt eine silbrige Dorade. Philip lässt meine Hände wieder los, breitet die Serviette über den Schoß und beginnt, den Kopf des Fisches abzutrennen. Das kann er wirklich gut. Als Nächstes klappt er die Dorade auseinander, zieht die Wirbelsäule im Ganzen heraus, schwenkt sie über unsere Gläser zum Grätenteller. Dabei fällt ein kleines Stückchen Fisch in mein Glas. Mit dem Finger nehme ich es sofort heraus, stecke es in den Mund. Ich sage:

«Darf ich deine Jacke haben?»

«Natürlich.»

Sofort legt Philip sein Besteck auf den Tellerrand, kommt um den Tisch, hängt sie mir um die Schultern:

«Möchtest du wirklich nichts essen?»

«Nein, danke.»

Ich gucke auf den filetierten Fisch, wie er mit jedem Stück, was sich Philip von ihm nimmt, mehr in sich zusammenfällt. Am nächsten Morgen saß Markus neben mir im Flugzeug und sagte: «Darling, smile for me.» Da fing ich an zu weinen. So sehr, dass Markus mir sein Hawaii-

Hemd über den Kopf legte, um mich von den anderen Passagieren abzuschirmen. Ich sage:

«Du hast versprochen, mich immer zu lieben.»

«Das tue ich doch auch.»

«Warum verlässt du mich dann?»

«Weil es nichts bringt.»

Ich halte es nicht mehr aus, hier ruhig am Wasser zu sitzen. Ich will zurück in die Nervenheilanstalt, Baldrianpillen schlucken. Ich stehe auf, stoße dabei mit dem Bein an den Tisch, die Gläser klirren im bunten Licht der Lampions. Philip sieht mich an:

«Wohin willst du?»

Nur gehen. Ich schiebe meinen Stuhl zurück an den Tisch, habe das Gefühl, die Leute gucken schon alle. Philip steht auch gleich auf, legt schnell ein paar Scheine unter das Windlicht auf den Tisch. Ich gehe los, an der Kaimauer entlang, hinein in die dunkle, fremde Nacht. Damals weinte ich den ganzen Flug über. Markus saß hilflos neben mir, fragte immer wieder: «Was ist denn los?» Dabei strich er mir übers Haar, küsste meine Hände, lächelte mich unsicher an. Immer wieder: «Was ist denn los?» Ich konnte nichts sagen, wusste: Ich werde ihn verlassen. Und er sagte: «Aber wir bekommen doch ein Baby.» Philip geht hinter mir her. Immer, wenn er seinen Arm um meine Schulter legen will, schüttle ich ihn wieder ab. Am Busbahnhof nehmen wir ein Taxi. Ich steige vorn auf den Beifahrersitz, Philip muss allein hinten sitzen. Was wird er jetzt mit seinem Leben machen? Fürs Alleinsein ist er nicht geschaffen. Er wird sich eine neue Freundin suchen.

Wahrscheinlich eine, die so jung ist, wie ich es gerne sein würde. Ich werde zu René gehen. In Gedanken. Ein paar Stunden ist es erst her. Ein paar Stunden, sage ich mir, als wir am Pool standen, darauf hofften, der andere würde eine Lösung für unser Bedürfnis finden. Seine Fingerspitzen strichen über meinen Unterarm. René, denke ich. Jetzt könnte ich. Wir fahren zurück über die unendlich lange, mit gelblichen Lichtern versehene Brücke. Philip legt von hinten seine Hand auf meine linke Schulter. Ich sage:

«Nimm sie runter.»

Er lässt sie einfach liegen. Darum balle ich meine rechte Hand zur Faust, schlage, so gut es geht, darauf. Der Taxifahrer sieht mich an, ich lächle.

11.

Im Zimmer ist es dunkel. Ich habe heimlich alle Baldrianpillen geschluckt, die ich noch in meiner Tasche hatte. Jetzt liege ich flach auf dem Bett unter der Decke, die Arme angelegt. Wie eingegipst, ich will mich nicht bewegen. Philip ist im Badezimmer, ich höre, wie die Dusche abgestellt wird, aus den Augenwinkeln laufen mir Tränen. Durch die geöffnete Balkontür meine ich, meine Schwester zu hören, wie sie mit den anderen Kindern die Pferdekoppel hinunterläuft, habe meine Mutter genau vor Augen: schulterlange Haare, Sommersprossen, ihr Lächeln. Neben dem Bett sitzt eine Frau mit grauen kurzen Haaren, streicht mir mit ihrer fremden Hand über den Kopf. Das bringt nichts. Ich weine. Heimweh nennt man das. Gerade ist der Eindruck besonders stark, mich an nichts festhalten zu können. Wie eine Projektion, die keine Spuren hinterlässt. Über damals könnten wir jetzt reden. Wie es war. Davon wolltest du nie etwas hören. Du meintest, jeder muss Opfer bringen. Wahrscheinlich kannst du dich nicht mal mehr erinnern. Kaum waren Markus und ich zu Hause, fuhr ich mit dem Taxi zu Philip. Markus fragte:

«Kommst du bald wieder?» Ich sagte: «Natürlich.» Draußen war es warm, sehr mild. Alles fühlte sich so unwirklich an, Häuserfronten wie aus Pappe. Der Taxifahrer blickte in den Rückspiegel, fragte: «Warum so traurig?» Ich weiß nicht, was er hören wollte. Die Wahrheit? Ging ihn doch gar nichts an. Damals wie heute musste ich einsehen, dass man nichts festhalten kann.

Vor Philips Haus stieg ich aus, ging über das aufgerissene Pflaster, drückte auf den silbernen Klingelknopf neben seinem Namen. Als der Türsummer ging, lehnte ich mich gegen die schwere Holztür, taumelte ins kühle Treppenhaus. Wie immer roch es nach feuchtem Gips. Ich wusste, ich bin bei ihm, in seiner Nähe. Langsam ging ich die Treppe hinauf, zog mich an dem dunkelblauen Geländer immer weiter hoch. Als ich fast oben war, sah ich ihn in der offenen Tür stehen. Noch zwei Stufen, endlich legte er seine Arme um mich, hielt mich fest. Und ich weinte. Sobald wir drinnen in seinem Flur standen, gab er der Wohnungstür einen kleinen Schubs, sie fiel ins Schloss.

Die Badezimmertür geht auf, ein schmaler Streifen Licht fällt über die Bettdecke, unter der ich liege. Als hätte ich die Schärpe eines Diplomaten umgelegt. Philip kommt heraus, setzt sich in Unterhose zu mir auf die Bettkante. Ich sage:

«Philip, ich löse mich auf, ich verschwinde.»

Er legt sich zu mir, streicht mir über die Wange, flüstert in mein Ohr:

«Du bist doch schon lange weg.»

Alexa Hennig von Lange
Erste Liebe. Roman.

Rowohlt · Berlin, 160 S., € 14.90
ISBN 3-87134-506-7
September 2004

Lelle, die wunderbare Lelle aus
«Ich habe einfach Glück» (rororo
22970), ist ausgezogen. Direkt in
Vaters Büroräume, genauer: in
das freie Hinterzimmer. Das hat einen Vorteil – morgens wird
sie pünktlich vom Staubsauger geweckt – und viele Nachteile.
Wenn Lelle nachts jemanden mit «nach Hause» bringt, lässt
sie das Licht lieber aus: Zwischen Aktenschränken zündet die
Romantik nicht. Doch genau das braucht sie jetzt. Arthur, ihr
Freund, ist nach Afrika gegangen und hat sie mit allem allein gelassen – der ängstlichen Mutter, dem cholerischen Vater, der un-
berechenbaren Schwester Cotsch und der langweiligen Freundin
Tessi …

Alexa Hennig von Lange erzählt mit suggestiver Kraft.
Neue Zürcher Zeitung

Rowohlt · Berlin

Alexa Hennig von Lange
Woher ich komme. Roman.

Rowohlt · Berlin, 112 S., € 14.90
ISBN 3-87134-459-1
September 2003

rororo, 112 S., € 7.90
ISBN 3-499-23338-X
Februar 2005

Eine junge Frau Anfang dreißig
kehrt mit ihrem Vater in das Ferienhaus zurück, in dem die Familie in Kindheitstagen Urlaub machte. Wieder eine Sommerfahrt
im Auto – eine von jeher vertraute Situation. Wenn da nicht die
Mutter der Erzählerin fehlte und ihr kleiner Bruder. Vor sieb-
zehn Jahren beide im Meer tödlich verunglückt, werden sie für
die junge Frau kraft ihrer Erinnerung immer lebendiger.

Ein rührendes, in seiner Schlichtheit virtuoses Buch.
Deutschlandradio

Rowohlt · Berlin